KB096518

이생진 산문집

아무도 섬에 오라고 하지 않았다

이생진 산문집

아무도 섬에 오라고 하지 않았다

작가
정신

머리말

내 가슴에서 시가 다 끝나는 날 나도 산문집 하나 가져야겠
다는 생각을 한 적이 있다.

그만큼 나는 시를 고집해왔다. 그래서 시집은 열아홉 권
이나 있어도 산문집은 한 권 없다.

아직 내 가슴엔 시가 남아 있다.

시가 남아 있는 마당에 산문집을 내는 것이 어쩐지 시에게 미안한 생각이 든다.

　하지만 산문집도 정성 어린 시집이라 여기고 『아무도 섬에 오라고 하지 않았다』를 펴낸다.

1997년 여름
이생진

다시 쓰는 머리말

20여 년 전에 펴낸 산문집을 다시 읽는다.

　책 속에 담긴 나의 모습이 행복해 보인다.

　그런 생각을 떠올리게 하는 것은

　내 글이 담겨 있는 내 책의 힘이다.

　만일 그런 기록물이 없다면 나는 나를 읽을 수 없을 것이다.

　글을 써서 책을 만드는 것은 나를 보기 위한 나만의 거울을 만드는 것과 같다.

　고맙다는 생각에 절로 머리가 숙여진다.

아직 펜을 놓지 않았으니 남은 시간도 글로 채워지리라.

내가 그린 그림까지 넣어 아름답게 만들어준 책이
살아 있는 내 육신 같아 자꾸만 어루만지게 된다.

2018년 가을
이생진

차례

1 섬으로 가라

2 아무도 오라고 하지 않았다

차례

3 고독해서 떠난다

4 고독은 죽지 않는다

차례

5 고독이 주는 선물

6 섬으로 가는 나그네

일러두기

이 책은 산문집 『아무도 섬에 오라고 하지 않았다』 초판에 실린 글 가운데 시집 『섬마다 그리움이』(1992), 『먼 섬에 가고 싶다』(1995), 『일요일에 아름다운 여자』(1997), 『내 울음은 노래가 아니다』(1990)의 후기를 제외하고 『내 문학의 뿌리』(도서출판 닫게. 2005), 《현대시 100년 전국시인대회》(한국시인협회. 2008), 《제4기 박물관대학》(전북대학교박물관. 2010), 《월간 샘터》(1988. 1995. 2001. 2004) 등에 실린 글의 일부와 그림을 더하여 엮은 개정증보판이다.

1 섬으로 가라

외로운 것들끼리 만나고 싶으면
섬으로 가라

수평선을 배경으로 손잡고 오는 연인들은 아름답다. 손을 잡지 않고 혼자 오는 사람도 아름답다. 그래서 나는 먼 섬마라도 잔디밭에 앉아 이렇게 쓴다.

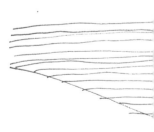

수평선을 배경으로 손잡고 오는 연인들은 멋있다

한 쌍의 물새 같다

「수평선상의 연인들」 전문
(『섬에 오는 이유』, 1999)

내가 아는 물새는 언제고 혼자다. 도요새가 그렇고 바다
직박구리가 그렇다.

물 빠진 개펄에 혼자 서 있는 도요새, 바윗돌에 혼자 앉
아 먼 곳을 바라보는 바다직박구리, 이들에겐 고독이 통하
는 데가 있어 좋다.

그들은 약속이나 한 듯이 같은 방향을 본다. 그리고 그 방

향으로 서슴지 않고 날아간다.

　나만 남는다. 이때가 나는 제일 외롭다. 그들은 다른 섬으로 간 것이다. 무녀도에서 비안도로 비안도에서 말도로, 말도 그 먼 섬에 가도 그들은 그렇게 서 있다가 날아간다. 섬에 오면 도요새와 바다직박구리가 내 짝이 된다.

　외로운 것들끼리 만나고 싶으면 섬으로 가라. 혼자 서 있는 도요새가 기다리고 있다. 바다직박구리가 너와 약속이나 한 것처럼 기다리고 있다.

섬에 가거든 바람을 이해하라

자연과 사귀면서 나빠진 사람 있을까? 이것은 억지 말인가? 산과 만나서 악惡을 속삭인 사람 있을까? 바다와 만나 성질이 포악해진 사람 있을까?

사람이 나빠지는 것은 자연하고 만나서 그런 것이 아니라, 사람과 사람이 만나서 그렇게 된 것이다. 사람도 좋은 사람과 만나면 좋은 영향을 받게 되고 악한 사람과 자주 만나면 악한 사람이 되는 것이 사실이다.

자연은 정직의 대명사다. 산이 거짓말하는 것 봤느냐. 바다가 나쁜 짓을 함께 하자고 유혹하는 것을 봤느냐. 구름이 남의 집 담을 넘자고 하더냐.

　자연은 거짓말하지 않는다. 거짓말하는 것은 사람밖에 없다. 먹고 마신 빈 깡통과 빈 병을 슬그머니 나무 밑에 숨긴다. 이때 나무가 내려다보고 웃는다.

　사람이 깨끗한 척해도 산[生] 나무만큼 깨끗할까. 그 깨끗하고 정직한 나무 밑에 빈 그릇을 숨기려는 것은 자연을 무시하는 짓이요 자기 양심에 진흙을 바르는 짓이다.

　신이 보는 것이 아니라 나무가 보고 있는 것이다. 나무는 신이 보낸 파수꾼이다. 산에서는 나무가 왕이지만 섬에서는 바람이 왕이다.

　바람을 잘 알아라. 바람의 지혜를 인정해야 네 마음의 배

도 순항할 수 있다.

자연은 너의 친구요 스승이요 신이 보낸 사자다. 자연을 이해하고 사랑하는 버릇은 책에서 오는 것이 아니라 체험에서 온다.

산에 가거든 나무를 이해하려 하고 섬에 가거든 바람을 이해하려 하라. 그 출발이 여행이다. 여행은 너를 따라다니며 가르쳐주는 평생의 스승이요 동반자다.

바다를 좋아하는 나비

바다 앞에 서면 네 마음이 약해지는 까닭을 아느냐. 그것은 네 마음이 맑고 투명해지기 때문이다.

바다 앞에 서면 우리 사람들의 마음은 약해지는데 나비는 왜 바다 앞에 서면 날고 싶어 할까. 그것은 바다로 보지 않고 넓은 초원으로 본 것이 아닐지. 그것은 아름다운 착각이다.

빨리 돌아서라고 고함을 질러도 나비는 바다로 향한다. 이런 착각은 위험하지만 아름답다. 그러나 우리가 바다를 좋아하고 바다에 가고 싶어 하는 것은 착각에서가 아니다.

바다 앞에 서면 희망이 생긴다. 바다 앞에 서면 그 희망

南長島
예송里
팽나무와
동백나무
그리고
바다

을 찾아가고 싶어진다.

바다 앞에 서면 그리워진다. 그 그리움을 불러보고 싶어
한다.

바다 앞에 서면 큰 소리로 부르고 싶은 것이 있다. 그 소
리는 분명 그곳에 전달될 것이다.

그런 유혹에 나비는 끌려가고 있는지도 모른다. 그리고
날개가 있으니 도전하고 싶어지는지도 모른다.

바다 앞에 서면 이런 많은 느낌들이 생긴다. 이것이 보이
지 않는 양식良識 糧食 養殖이다. 바다가 위대한 스승이요
훌륭한 교육장이라는 것은 느끼면서 배울 수 있기 때문이다.

느낌이 없는 교육은 자멸을 자초한다. 바다에서처럼 섬에서처럼 혹은 나비에게서처럼 느끼면서 배워라.

나비 : 나방보다 작으며 머리에는 끝이 부푼 한 쌍의 더듬이와 두 개의 겹눈이 있음. 몸은 가늘고 둥글며, 날개는 넓적하고 빛깔이 아름다움. 앉을 때는 날개를 세움. 몸이 털 또는 인분鱗粉으로 덮여 있고, 낮에는 밖으로 나와 꽃의 꿀이나 수액을 빨아먹음.

사전에 있는 이 지식만으로는 부족하다. 나비도 느낌이 있는 나비는 사전에서 뛰쳐나온다.

나비가 왜 바다를 향해 날아갈까 하는 궁금증이 생기거든 너도 배낭을 메고 나비처럼 떠나라.

아내 모르게

아내 모르게 하는 소리가 있다. 그것은 시이기 때문에 아내 모르게 한다. 아내가 모르는데 어찌 그것이 시냐 하겠지만 그것이 시가 되기 전에 아내에게 발각되면 시가 유산된다.

나는 아내가 모르는 섬에서 시를 수태한다. 아내는 내가 아내 이외의 남자가 있는 것을 모른다(시를 쓸 때 나는 여자가 된다). 아니다 아내는 내게 아내 이외의 남자가 있다는 것을 언제부턴가 인정하고 있는 것 같다. 이것은 바보여서도 아니고 현명해서도 아니다.

어떤 남자에게도 아내 이외의 아내가 있다. 아내 이외의 아내를 아내가 예뻐할 때, 그 아내는 시가 되는 것이다.

"오늘도 산에 갈래요?"

비오는 날, 아내 목소리도 젖었다

"가봐야지 기다리니까"

"누가 기다린다고"

"새가 나무가 풀이 꽃이 바위가 비를 맞으며 기다리지"

"그것들이 말이나 할 줄 아나요"

"천만에, 말이야 당신보다 잘하지"

그들이 말하는 것은 모두 시인데……

아내는 아직 나를 모른다

「산이 기다린다」 전문
(『서울 북한산』, 1994)

소금과 시

어부는 바다에 그물을 던져 고기를 잡고, 염부는 바닷물을 햇볕에 말려 소금을 만든다. 그런가 하면 시인은 바닷물을 만년필에 담아 시를 쓴다. 이 세 사람을 어떻게 봐야 하나? 어부와 염부는 먹을 것을 생산했으니 보람 있는 일을 했다고 해야 하고 시는 먹지도 입지도 못하니 시인은 쓸데없는 짓을 했다고 해야 하나.

시인도 붓을 놓고 그물을 던지면 고기를 잡을 수 있다. 아니면 염전에 들어가 소금을 구우면 소금이 된다. 하지만 어부나 염부가 시를 쓴다는 것은 상상하기 어렵다. 더러는 시 쓰는 어부나 염부도 있으리라. 그러나 시인이 어부 되는

일보다는 어렵고 불가능에 가깝다. 이것이 다른 점이요 묘한 점이다.

　비록 시인이 고기를 잡지 않고 소금을 굽지 않는다 하더라도 시인은 있어야 한다.

　시인은 아무나 되는 것이 아니다. 적어도 시인은 숙명적이어야 한다. 바닷물이 소금 되는 것은 상식인데 왜 엉뚱한 시가 될까. 이 세상을 시이게 하는 사람, 그 사람은 가난하고 고독한 사람이지만 시를 쓰는 것 이외의 것으로 구제받기를 원하지 않는 사람이다.

고독의 집, 무덤

깊은 산골짜기 맑은 물에 사는 송사리처럼 시인은 조용한 고독을 좋아한다. 떠들썩한 시장 골목보다 조용한 무덤을 찾아가는 시인을 이상스럽게 여길 필요는 없다.

어느 섬이든 섬에 가보면 가장 좋은 자리를 무덤이 차지하고 있다. 가파도에 가도 한라산이 잘 보이는 북동쪽에 무덤이 자리하고 있고, 거문도에 가도 바람막이가 잘 된 곳에 무덤을 쓰고 있다. 제주도에 가면 밭 한가운데나 오름 기슭이나 높은 자리에 무덤이 자리하고 있다. 왜 그럴까?

무덤은 생산성이 없는데도 좋은 자리를 차지하고 있다. 그것은 죽음이 시이기 때문이다. 시(죽음)는 언제고 좋은 자리에서 생성한다. 죽음은 고요하지만 산 자와 놀고 싶어 한다.

무덤을 시인만이 좋아하는 것은 아니다. 민들레가 무덤을 좋아하고, 할미꽃이 무덤을 좋아하고, 엉겅퀴가 무덤을 좋아한다. 그뿐 아니다. 여치가 좋아하고, 메뚜기가 무덤을 좋아한다.

무덤은 항상 산 자에게 귀를 기울이고 있다. 바람과 파도에게 귀를 기울이고 있다. 마을이 고요하게 잠들었을 때 무덤은 마을 사람들의 꿈에 귀를 기울이고 있다.

시인은 산 자와 죽은 자와의 전령이다. 무덤이 산 자에게 귀를 기울이듯 시인은 죽은 자에게 귀를 기울인다. 죽은 자의 소리를 산 자의 귀에 들려주는 것은 시인의 몫이다.

어떻게 해서 시인이 죽은 자의 소리를 알아듣느냐? 너도 시를 써라, 죽은 자의 소리가 들릴 때까지 시를 써라. 죽은 자의 소리를 듣고 산 자의 귀에 담아줄 수 있을 때, 그때 비로소 시인이 되는 것이다.

1978.7.27 애족인 묘지
이사 등대
쪽 (인호)

31

마라도의 잔디

마라도의 잔디를 기억하는가? 마라도에 파도가 있고 검은
갯바위가 있고 돌미역이 있고 선인장이 있고 바람이 있고
등대가 있는 것은 사실이지만, 그들에겐 봄을 알릴 만한 능
력이 없다.

　마라도에 잔디가 있음으로 봄이 아름답고 가을이 고맙다.
마라도 잔디밭엔 예쁜 야생화가 천국을 이루고 있다. 괭이
밥, 무꽃, 뻘기꽃, 엉겅퀴, 민들레, 갯쑥부쟁이, 할미꽃, 패
랭이, 억새꽃, 정말 꽃의 천국이다.

　산이 없어 산 구경은 못해도 새 소리와 파도 소리가 어우
러져 한국의 봄소식을 제일 먼저 전해주는 것은 그들 야생

화다. 마라도의 잔디밭엔 겨울에도 봄이 있다. 하루에도 수
백 명씩 찾아오는 관광객들은 그것도 모르고 잔디밭을 함부
로 짓밟는다.

　자연을 사랑할 줄 모르는 사람에게 자연은 귀찮은 존재
일 수도 있다. 마라도에 가거든 내 발에 말 못하는 야생화가
밟히지 않도록 조심하라.

구두 수선

구두 수선, 어딘지 매력이 있는 직업이다. 시 쓰는 일이 안
되면 덤벼들고 싶은 직업이다. 그의 수입보다 그의 공간이
마음에 든다.

섬으로 가는 십자로 한구석, 어떻게 마련한 공간인진 몰
라도 바다 한가운데 마련한 사도私島(개인 소유 섬을 이렇게
말해본다) 같다.

그의 연장만큼의 욕심과 양심, 신을 수선하러 오는 손님
의 알뜰함, 흔한 물자 속에서도 버리기 아까워 찾아오는 사
람들의 얼굴, 버리기보다 한동안 자기 발을 편안하게 감싸
준 신발에 대한 애착, 그만이 알 수 있는 헌 구두 심리학, 헌

구두 철학, 헌 구두 경제학, 헌 구두의 미학, 이렇게 예거하니 그가 가지고 있는 학식도 이만저만이 아니다. 그런 것들은 누가 눈여겨보는 학문은 아니지만 그의 경험과 온정을 통해서 얻은 정서가 부럽다.

"이게 뭐 직업입니까? 그만둘래두 할 일이 없이 집에 들어앉았으면 뭐합니까?"

그의 잘 정리된 반 평 실내를 보고 부러운 듯 초면 인사를 하려는 나에게 이렇게 말하고 자기는 자기대로 일을 계속한다.

좁은 공간에 헌 구두를 잘 손질해서 광택을 내어 주인을 기다리게 한 구두, 그 옆에 골동품 라디오에서는 흘러간 노래가 그의 굳어지기 쉬운 허리를 주물러준다. 자기 공간, 이것이 확장되면 마음이 바뀐다.

큰 사찰에 들어앉아 마음을 비우라는 고급스런 언어보다 좁은 공간에서 묵묵히 헌신을 꿰매는 구두 수선에 마음이 끌려 새 구두를 신고도 그 옆에서 머뭇거리는 수가 있다.

우체통

섬에 오면 편지를 쓰고 싶다. 나처럼 섬을 좋아하는 친구나 홀쩍 떠나고 싶어 하는 사람에게 편지를 쓰고 싶다. 그래서 여행에 엽서는 필수품이다.

편지할 상대가 없으면 자기 자신에게 쓰는 편리함도 있다. 누구에게 쓰든 우선 쓰는 것이 장하다.

여기, 마라도야! 멋있어. 수평선뿐이야. 다 온 기분이야. 왠지 네가 생각나. 그리고 백두산 정상이 생각나고, 어쩌면 이렇게 마음이 가라앉는지 모르겠어. 네가 옆에 있으면 했어. 왜 이렇게 그리워지지? 다음엔 너랑 나랑 함께 와야겠어. 여기서 한라산이 보여. 시원해. 엉겅퀴가 이렇게 예쁜 꽃인 줄 몰랐어. 왜 이런 마음이 생길까. 잘 있어.

OOOO년 O월 O일
OOO 씀

이게 무슨 짓일까? 바다를, 섬을 담아가고 싶어 하는 짓이겠지. 돌덩이나 조개껍질이 아니라, 지금 바라보고 느끼는 심정 그대로 전하고 싶어서 쓰는 편지, 그것은 한 장면에서 정지된 사진보다 낫다.

섬에서 우체통을 보면 편지가 쓰고 싶다. 지금 나처럼 지붕 끝에 매달려 바다를 보고 있는 빨간 우체통은 무엇을 생각하고 있을까. 그 외로운 매력에 제비가 집을 짓고 싶어 하고 벌이 집을 짓고 싶어 하는지도 모른다.

가끔 섬에 가면 우체통 위에 있는 제비집이나 벌집을 볼 수 있다. 이것은 모두 그리움의 상징이다.

편지를 쓴다는 거, 이 일은 여행의 습관이고 싶다. 이것을 핸드폰이나 공중전화를 통해 전달하면 수화기를 놓는

즉시 사라지기 쉽다. 그러나 우체통은 잘 보관해서 다른 사
람의 가슴 깊숙이 전해준다.

바위
Rock

흑상도
1981. 7. 29.

홍도의 원형

아득한 옛날은 아니지만, 30년 전이면 꽤 오래된 이야기다.

목사가 일주일에 한 번씩 홍도에 와서 예배 보던 시절, 그 목사와 함께 배를 타고 홍도에 간 적이 있다.

그 당시 일주일에 한 번씩 배가 찾아왔다. 그러니까 홍도에 들어오면 일주일 동안은 꼼짝 못하는 것이다. 그때 홍도에서 내린 사람은 목사와 나와 단 두 사람, 그러나 목사와 나와는 아무 관계가 없어서 열 시간의 항해를 한 마디도 건네지 않았다.

그것이 편했다. 바다에 취해 있으니까 심심하지 않았다.

사람의 왕래가 아주 드물 때 잔디밭에는 멸치가 널려 있었다. 나는 그 멸치를 안주 삼아 맥주를 마시며 바다를 봤다.

그 맥주 맛을 지금도 잊지 못한다. 그 버릇에 섬에 가면 늘 맥주 생각이 난다. 양이 많은 것은 아니지만 맥주는 나의 작은 바다 같았으니까. 맥주를 마시며 바라보는 바다는 곱절 아름다웠다. 맥주를 마시다 그 잔디밭에 누워 하늘을 봤다. 하늘도 곱절 아름다웠다.

아침에 세수할 때 주인아줌마의 물을 아껴 쓰라는 당부로 얼굴도 한쪽만 문지른 기분이고 수염은 깎지 못한 채 수영을 했다. 한없이 헤엄쳐 갈 것 같았다.

바다에서 혼자 놀아도 심심하지 않았다.

밤에 남편들의 멸치배가 돌아오면 마을 부녀자들은 아우성이었다. 온 동네 마님들은 물을 길어오고 물을 끓이고 멸치를 큰 솥에 담아 삶아 건져냈다. 횃불이 이글거리며 어둠을 살라 먹었다.

다음 날 아침에 보면 그 멸치가 잔디밭에 널려 있다. 한나절이면 다 마른다. 나는 멸치를 주워 먹으며 바다를 봤다. 길거리에 흘린 멸치만 모아도 한 바구니가 되었다. 맥주가 모자랐다.

지금은 홍도에 가도 그런 맛을 보기 어렵다. 여관과 민박집, 멸치를 말려놓던 잔디밭엔 철근에 시멘트를 바른 건물이 아름다운 섬 언덕을 덮어버렸다.

　섬이 답답해졌다. 내가 그때 마시던 그런 맥주 맛이 나지 않는다. 슈퍼에 들어가 비닐봉지에 포장된 멸치는 나그네의 맥주 맛을 도와주지 못한다. 게다가 여름엔 몰려온 사람이 많아 손님 대우받기 힘들다.

　나는 조용한 겨울에 간다. 우리나라 많은 섬 가운데에는 여름에 갈 섬이 있고 겨울에 갈 섬이 있다. 내겐 홍도나 울릉도는 겨울 섬이다.

　맥주의 자유를 상실한 이후로는 겨울에 홍도를 찾는다. 겨울엔 동백꽃이 예쁘다.

Hong do
July 28, 1981

시와 산문

산문이 필요치 않다. 시 따로 산문 따로 쓴다는 것은 번거롭다. 그래서 어쩌면 내 시는 산문 같고, 내 산문은 시 같을지도 모른다.

나는 시 하나로 족했다. 아니 시 하나만으로도 세상을 기록하는 데 부족이 없다. 지금 산문을 쓰고 있는 이 순간에도 나는 시를 쓴다고 여기지 산문을 쓴다고 여겨지지 않는다.

나의 방랑은 시이지 산문이 아니기 때문에 그렇다. 나에겐 산문 시대가 없다. 내 생生이 경이롭듯 내 탐방도 경이롭다. 그 경이를 담는 데 산문은 지루하다. 지금 내 세상은 시의 세상이다. 그와 마찬가지로 이 세상을 산문이나 소설로

흑산도 1981.
7.29.

살아가고 싶지는 않다.

　시로 살아가고 싶다. 나는 탄생부터가 시였다. 삶도 시요
죽음도 시다. 그리고 내가 소멸한 먼 후일에도 내 잠적은
시다.

그대로 놔둬라

섬에 와서 좋은 것은 나를 나대로 놔둘 수 있는 자유다. 수염도 깎지 않고 놔두고 머리도 깎지 않고 놔두고 눈도 귀도 다 그대로 놔두고 싶은 간절함, 이것 때문에 나는 섬을 찾는지도 모른다.

섬에 오면 그런 것들부터 자유롭게 해주고 싶다. 그것은 바다와 섬의 기운이 절로 옮아오도록 놔두는 것과 같다.

멀리 떨어져 있는 고도, 특히 무인도 같은 데서는 그 여파가 크다. 그동안 얼마나 쓸데없는 짓을 했나 하는 반성일 수도 있다. 머리를 깎고 수염을 깎고 화장을 하고 손톱을 깎고 하는 짓들은 모두 나를 위장하는 것 같아서 괴로울 때가 있다. 이것은 장식이나 사치라기보다 오염의 일종이다.

그렇다면 섬에서 머리를 깎지 않고 수염도 깎지 않는 일은 게으름 때문이 아닐까? 그것은 아니다. 게으름 때문에 숲이 무성하는 것은 아니다. 나도 내 마음의 숲을 무성하게 놔두고 싶다.

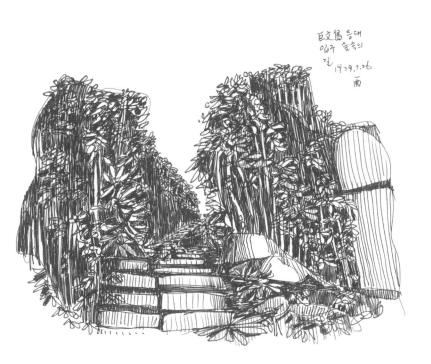

2 아무도 오라고 하지 않았다

섬에 와 있어도 섬에 가고 싶다

초등학교 작문 시간에 떠오른 것은 등대와 등대지기. 작문은 왜 외롭게 쓰고 싶었을까. 그래서 가보지도 않은 등대를 떠올린 것일까?

왜 생각은 외로운가. 그 외로움의 대표가 무엇인가. 섬과 등대지기, 그 생각이 들어맞은 것이다.

나는 그 작문 시간에 떠오른 외로움을 만나보고 싶었다. 이것이 섬에 오는 이유일지도 모른다. 그때부터 외로우면 섬으로 갔다. 책 속에서 만난 외로움보다 그쪽이 진짜일 것 같았다.

울릉도 등대, 독도 등대, 마라도 등대, 가파도 등대, 흑산도 등대, 소흑산도 등대, 거문도 등대, 백도 등대, 문섬 등대, 사량도 등대, 소리도 등대, 어청도 등대, 격렬비열도 등대, 옹도 등대, 말도 등대, 나라도 등대, 우도 등대, 비양도 등대, 관탈섬 등대……, 수없이 찾아다녔다. 그때마다 혼자였다.

초등학교 때부터 가고 싶었던 등대를 찾는 이는 드물었다. 나 혼자였다. 찾아가 보면 언제고 절벽 아니면 갯바위가 톱니처럼 박힌 파도 한가운데 서 있었다. 나는 그의 육체를 만져봤다. 외로움의 덩어리, 고독의 여신을 대하듯 대했다.

초등학교 때 작문시간에 썼던 〈등대〉, 아직도 나는 그때의 외로움을 간직하고 있다. 이것은 소중한 시의 자원이다.

섬, 고독을 위하여

"나는 바다를 좋아한다."

언젠가 사람들 앞에서 이 말을 했다가 코를 뗀 적이 있다. '바다를 싫어하는 사람도 있느냐'고. 그래서 어머니처럼 좋아한다고 말을 돌렸다. 바다는 어머니이다.

나는 시집을 사거나 시집을 받으면 바다에 관한 시부터 읽는다. 유안진 시인의 시집 『거짓말로 참말하기』를 받은 즉시 「바다, 받아」를 먼저 읽었다.

그리고 일본의 어느 시인이 말했다는 "프랑스 말이여, 네 어머니 속에는 바다가 있고 일본 말이여, 네 바다에는 어머니가 있다"라는 말, 모두 뜨겁게 와 닿는 말이다. 어머

Debussy
드넓은 바다 위로
소나타 E short

타호도 등대
1979. 7. 27

니는 모든 생명의 바다다.

　나의 어머니는 나의 최초의 바다였다. 더욱이 태어나 보
니 삼면이 바다였고 삼면에는 4,000여 개(남한 3,215, 북한
1,045)의 섬이 있었다. 화가가 되려면 석고 데생을 해야 하
듯 시인이 되려면 바다부터 그려야 하는 것이 아닌가 하는
생각도 했다. 그런 생각을 하지 않았다 하더라도 나는 어려
서부터 바다가 좋았다.

　그리고 '등대'라면 모든 어둠을 다 밝혀주는 것으로 알
았다. 그래서 등대가 평생 내 뇌리에서 나의 항로를 밝히고
있는지도 모른다. 아니다. 나이 들면서 무슨 이유인지 유배

된 기분으로 살아야 했을 때 먼 섬으로 나를 떠나보내고 싶었다. 내가 나를 유배시킨다는 것은 아무리 생각해도 가혹한 짓이다. 그런데 그렇게 하고 말았다. 그것이 나를 시인으로 키운 것인지, 아니면 시야 됐든 안 됐든 그 근처에서 살게 한 것은 내가 나를 섬으로 유배시킨 덕이리라.

지금도 나는 섬이 그립고 등대가 있는 곳으로 가고 싶다. 섬 중에도 무인도가 좋다. 섬에는 고독을 감싸주는 포용력이 있고, 등대는 고독에 민감하다.

별을 보면 시가 보인다

하늘을 못 보는 불행, 이것은 심각한 불행이다. 서울에서 맑은 하늘을 못 보는 불행은 심각한 문제다. 하늘이 없는 서울에서 별을 본다는 것은 동화 속의 이야기 같다.

별을 못 보는 가슴에서 무슨 정서가 나올 것인가. 이것이 서울 사람들의 불행이다. 섬에서 정든 집을 버리고 서울에 올라간 사람들의 첫 실망이 바로 여기에 있다. 벌어먹고 살아야 하고, 자식들 가르쳐야 하고, 교통비, 병원비, 세금, 서울에 와서는 돈 돈 하는 바람에 별을 볼 틈도 없었다. 그래서 별을 잊었나?

서울에 별이 있다는 소리 못 들었다고 하면 그만이다. 서

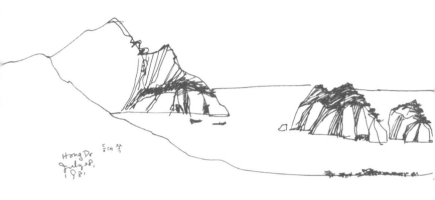

Hong Do
등대 쪽
July 28,
1981

울엔 본래 별이 없었다고 해도 하는 수 없다.

섬에서는 변소만 나가도 보이던 별, 이장네 갔다 돌아올 때 보이던 별, 그것이 서울에서는 보이지 않는다면 이건 큰 사건이다.

서울엔 이장이 없다. 서울엔 리里가 없으니 할 수 없지만, 그렇다면 동장 얼굴을 본 사람은 몇이나 될까? 많은 사람이 필요로 하는 동장 도장이 찍힌 주민등록등본을 떼 오면서도 동장 얼굴 한번 못 본다.

사람이 많은 서울에서 사람이 보이지 않는 것도 무엇인가 잘못된 일이다. 그렇게 많은 교육비를 들여가면서도 담

임 선생님 이름이 잘 외워지지 않는 것도 어딘가 잘못이 있기 때문이다.

이것은 밤에 별을 못 보는 데서 온 정서 결핍증이다. 자기 가슴에 키우는 별이 없기 때문이다. 그래서 도시에 인간 상실과 인간 부재가 속출하는 것이다.

그런데 섬에 오면 그렇지 않다. 별이 보이고 사람이 보이고 꽃이 보이고 곤충이 보이고 새가 보인다. 그것은 하늘에 별이 있기 때문이다.

별을 보면 그 사람이 보인다. 공기가 맑아서 보인다고 하겠지만 하늘이 맑으면 사람의 마음도 맑아지기 때문에 어머니의 얼굴도 아버지의 얼굴도 누나의 얼굴도 맑게 보이는 것이다.

그리운 사람의 얼굴이 반갑다. 그리운 사람의 얼굴이 보이는 사람의 눈에는 시가 보인다. 별이 보이는 자의 눈에는 시가 보인다.

무인도에서 벌레와 나

무인도에 오면 너뿐이다. 교회도 없고 절도 없고 집도 없다.

누구를 만나나? 곤충을 만난다. 여치를 만난다. 딱정벌레를 만난다. 개미와 벌을 만난다. 나비와 사마귀를 만난다. 그들이 주인이요, 주민이요, 도민島民이다. 민民이 아니라 충蟲일지라도 그들은 무인도의 왕족이다. 내가 육지에서 생각했던 벌레, 그런 충이 아니다.

무인도에 오면 오히려 그들이 민이요 나는 충이다, 그들이 사람이요 나는 벌레다.

나는 벌레다. 부끄럽다. 나는 벌레를 만나면 부끄럽다. 무인도에서 벌레를 만나면 사람의 자리는 저 말석에 있다.

방충망을 치고 모기약을 뿌리고 침대에 누워 있는 도시
인의 인간상, 그 상이 부끄럽다. '충이여! 왕이여!'

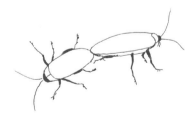

통하는 것

사람이 사람과 말이 통한다는 것은 통하는 것 중에 가장 하급에 속하는 교류다. 사람과 나무, 사람과 짐승, 사람과 곤충이 통하는 것은 중급에 속하는 교류다. 사람과 신이 통하는 일, 이것은 상급에 속하는 교류 형태라 할지도 모른다. 종교인들은 아니 그들만이 아니라 모든 사람이 그러길 바란다. 그러나 실지 신과 통하는 이가 몇이나 될까. 그렇지만 시인은 사람과 사람이 통하듯 사람과 곤충과 짐승이 나무와 통하듯, 사람과 신이 통하듯, 하나도 빼놓지 않고 모든 것과 통한다. 그래서 나는 시 앞에 무릎을 꿇는다.

바다가 보이는 집
바다가 보이는 꽃 흙
바다가 보이는 밤
바다가 보이는 화장실
바다가 보이는 돼지 우리

Seokipo
1975. 7. 31

섬에서 해 뜨는 아침

오라고 해놓고 "왜 왔어?" 하는 싱거운 사람, 알고 보면 그 사람이 진짜다.

내가 윤씨를 만난 것은 나이 60이 넘어서다. 그는 섬에 살고 나는 육지에 살았다. 그러다가 어느 날 나는 윤씨를 만났고 윤씨는 낯설게 나를 만났다.

우리는 황혼에 만난 친구다. 죽마고우는 아니지만 죽마고우처럼 서로 그리워한다.

그는 만재도에서 산다. 만재도로 가는 배는 목포에서 흑산도, 흑산도에서 가거도를 거쳐 상태도·중태도·하태도를 지나서야 그곳에 닿는다. 섬이 멀리 있기 때문에 가고

조용한 바다
1979. 7. 25

싶어도 선뜻 나서질 못한다. 나는 그 섬의 신비에 반해 그
곳에서 쓴 시집을『하늘에 있는 섬』(1997)이라고 했다.

　섬에서 해 뜨는 아침은 그 어느 곳에서보다 맑고 신선하
다. 둥근 해가 수평선을 밀고 올라오는 웅장한 모습은 태극
기의 붉은 건乾과 푸른 곤坤의 상징 그대로다. 그것은 하루
를 여는 우주의 거대한 몸부림이다. 곤과 건이 서로 떨어지
지 않으려고 안간힘을 다하는 남녀 간의 사랑이다. 그것이
하루의 시작이다. 파란 바다에서 떠오르는 붉은 태양, 시인
은 그것을 놓치지 않으려고 서둘러 바닷가로 간다. 윤씨는
내가 그의 집에 머무는 동안 옆에서 그것을 지켜봤다.

그는 내가 그곳을 떠난 뒤에도 돌담에 기대어 떠오르는 해를 보는 일이 잦았다. 그리고 그것이 시가 된다는 사실을 알고는 신기하게 여겼다. 그래서 해 뜨는 아침이면 문득문득 나를 부르고 싶은 충동이 생기는 것이다. 수화기를 든다. "여기 만재돈데, 왜 안 와?"

그 사람이 오라고 하지 않아도 나는 그 섬에 갈 사람이다. 그 먼 데를 단숨에 간다. 마음이 끌리기 때문이다. 마음이 끌리는 곳이 천국이다.

내가 배에서 내리자마자 그는 내 손을 잡고 "왜 왔어?" 한다. 먼 데를 어떻게 왔느냐는 인사다. 이보다 더 싱거운

인사는 없다. 오라고 해놓고 "왜 왔어?" 하는 말. 아니, 오라고 해놓고 멋쩍어하는 이 순진함, 이보다 더 솔직한 우정은 없다.

아침에 해를 맞는 일은 하루의 정을 약속하는 일이다. 그 약속을 누구하고 할까. 그 생각부터가 시다. 그렇게 일출은 시를 낳는다. 그것을 윤씨는 알아버린 것이다.

그는 혼자 산다. 30년 전에 흑산도에 홍어잡이 갔다가 밧줄에 걸려 왼손을 잃고 오른손 하나로 30년을 살았다. 그러다가 3년 전에 아내마저 잃었다. 그는 세월을 보듯 태양을 보며 나를 생각했다. 만재도에서 일출이 시가 된다는 사실을 제일 먼저 안 사람은 윤씨다. 나는 이제 태양을 만나러 가듯 그를 만나러 간다. 정이 든 사람이 있는 곳이 고향이다. 우리는 반가워 서로 껴안았다. 마을 사람들은 그것을 보고 입을 벌린 채 말이 없다. 정은 말을 필요로 하지 않는다.

미쳐보자

나는 섬에 오면 혼자서 '미쳐라, 미쳐라' 한다. 위험한 말이다. 그러나 미치면 조금도 위험하지 않다.

위험한 것은 미치지 않으려고 할 때다. 온종일 바다에 미치고 파도에 미치고 수평선에 미치고. 세상은 미칠 줄 아는 자에게 아름답다.

세상은 미친 자들의 것이다. 여행에 미친 사람, 그림에 미친 사람, 음악에 미친 사람, 춤에 미친 사람, 봉사에 미친 사람, 그 사람은 살 줄 아는 사람이다.

하지만 미친다는 것이 그리 쉬운 일은 아니다. 병으로 미치는 것이 아니라 고행과 인내로 혹은 수련과 실천을 통해서 성숙하는 과정, 그 과정을 통해서 얻어지는 '광기', 그거야말로 인생의 진주다.

이것을 알기까지는 다소 세월이 걸린다. 세상은 처음부터 아름다운 것이 아니니 오래 참고 견디며 미쳐보라. 이건 딱딱한 말이지만 미칠 때에 가서야 부드러워진다.

독도, 1990 sang

섬에 온 여자

삼천포나 충무에서 사량도 하면 홍도만큼이나 잘 알려진 섬인데 서울이나 목포에서는 그리 알려지지 않은 곳이 된다. 사량도는 사시사철 찾아오는 사람들의 마음을 흐뭇하게 해주는 섬이다.

산을 좋아하는 사람에게는 옥녀봉과 칠현산이 있어 등산하기 좋고, 낚시를 좋아하는 사람에게는 곳곳에 낚시터가 있어 좋고, 수영을 좋아하는 사람에게는 수영할 데가 많아서 좋다. 그런데도 사량도에 가면 그곳 사람들이 권하는 또 다른 섬이 있다. 수우도˚라는 섬이다.

삼천포에서 동남쪽, 충무에서 서남쪽에 자리한 서른다섯

채의 집에 학생이라야 둘밖에 없는 학교가 하나인 조그만 섬인데, 숲이 울창하고 경치가 아름다워 가본 사람만이 아는 청정한 섬이다.

숲 속에는 새 우는 소리, 풀숲에는 여치 우는 소리, 해변에는 갈매기 우는 소리가 끊이지 않아 한 번 들어가면 나오기 싫어지는 곳이다.

나는 나루터에서 일하고 있는 아주머니들을 만났는데, 그중 한 사람이 나보고 어디서 왔느냐고 말을 걸기에 서울서 왔다고 했더니 서울 어디냐고 되묻는 것이다. 우이동이라고 하니 자기는 서울 종로에서 왔다고 했다. 나는 그 아주머니가 서울에서 관광으로 온 줄 알고 그럼 언제 왔느냐 물었다. 그랬더니 열여덟에 와서 지금 60이 다 된다고 했다. 그러면서 옛이야기를 꺼내는 것이다.

하루는 이곳에서 올라온 친척 동생이 자기보고 좋은 사람이 있으니 만나보라고 이곳까지 끌고 와 그대로 눌러앉은 것이라 했다. 처음에는 손가락만 한 고구마를 먹어가며 집 생각을 하고 눈물을 흘렸는데 이젠 서울에서 사는 자식들이 올라와 함께 살자 해도 서울이 갑갑해서 되돌아오게 된다고 했다. 이렇게 좋은 데가 어디 있느냐고 말을 덧붙인다.

전기 사정이 좋지 않아 세탁기나 냉장고를 마음대로 쓰

지 못하지만 서른다섯 집이 옹기종기 모여 한 집 식구처럼 재미있게 살아왔기 때문에 이런 정 없이는 다른 곳에서 살 수 없다고 했다. 옛날에는 풍랑으로 섬사람들의 재앙이 잦았는데 지금은 전화, 무전기, 일기예보 등을 손쉽게 얻을 수 있어 육지의 여러 가지 사고에 비하면 섬에는 사고가 없는 편이라 했다.

　그런 이야기를 듣고 나니 그 아주머니의 삶이 더 아름답게 보였다. 그리고 그날따라 파도 소리가 잔잔한 자장가 소리로 들려왔다.

● 수우도(樹牛島) : 경남 통영시 사량면 돈지리에 속하는 1.51km²의 섬.

겨울 섬 동백꽃

겨울 바다, 그걸 보고 싶어 하는 사람이 많다. 그건 마음이 차가운 사람이 아니라 외로움의 깊이를 아는 사람이다.

여름 바다는 누구에게나 친근하다. 아무리 파도가 거칠어도 애교에 지나지 않는다. 그리고 겁이 나지 않는 것은 여름 바다엔 사람이 많이 몰려와서 바다가 바다인지 사람이 바다인지 분간이 안 갈 정도로 사람이 많기 때문이다.

사람이 많으면 바다가 잘 보이지 않는다. 인천에선 바다가 잘 보이지 않는다. 부산에서도 바다가 잘 보이지 않는다. 그런데 겨울엔 바다가 잘 보인다.

홍도쯤 겨울에 가보면, 이건 경탄이다. 바다뿐이니까. 바다의 분노와 축제가 함께 어우러진 일대 소동이다. 빨간 동백이 여름에 피지 않고 겨울에 피는 이유를 알겠다. 거센 파도, 이것이 혼자인 나에게로 덤빈다. 무섭다. 고독 때문이다.

고독을 무서워하는 것은 바다도 마찬가지다. 고독 때문에 발작하는 바다. 이때 나도 발작하면 큰일이 난다. 똑바로 서 있어야 한다. 똑바로 봐야지. 겨울 바다의 맛은 커피 한잔으론 부족하다. 온통 외로움뿐이니까.

이 노도 때문에 배가 여러 날 결항이다. 덕분에 섬에 머물 시간이 길어져서 좋다. 숙박비만큼이나 두꺼운 책장이 파도처럼 넘어간다.

동백꽃 피거든 홍도로 오라

홍도, 여름엔 들어설 틈이 없다가도 겨울엔 헌신짝처럼 버리는 섬, 겨울 섬 바닷가에서 여름에 끌고 다니다 버린 슬리퍼를 만나면 버림받은 슬픔이 내 가슴에 물밀듯 밀려온다. 한여름 닳도록 밟고 다니던 바닷가를 벌써 잊은 것인가 하고 그 슬리퍼에 내 발을 꿰어본다. 나도 누군가에게 버려지면 저런 꼴이겠지 하고 나를 쓰다듬는다. 겨울 섬 홍도는 그렇게 버림받고 있다. 홍도가 울고 있다고 쓴다.

홍도야, 울지 마라. 오빠(시인)가 있다.

이런 심정으로 겨울날 홍도로 달려가 쓴 것이 『동백꽃 피거든 홍도로 오라』(1995)이다. 겨울 바다는 누군가를 끌어

안으려 한다. 아니, 바닷속으로 끌어가고 싶어 한다. 그렇지만 끌려가지 않으려는 쪽도 그렇게 끌어당기고 있다. 그 때문에 겨울 바다는 여름 바다보다 더 끌리고 *끄*는 상황에서 격렬해진다.

동백꽃 피거든 홍도로 오라! 그러면 홍도의 아름다움을 독점할 것이다. 시인이 고독을 독점하는 일은 행복을 독점하는 일이다. 바다의 고독, 특히 홍도의 고독은 여름보다 뜨겁고 봄보다 아름답다. 동백꽃 피거든 홍도로 오라.

그러나 겨울엔 풍랑을 만나려니 하고 와야 한다. 여름보다 세 배는 더 신경을 써야 한다. 매일 들어오던 객선도 풍

랑으로 사나흘 혹은 일주일씩 지연되는 수가 있다. 읽을 책도 여러 권 준비해야 하고 글을 쓸 노트도 충분히 가지고 가야 한다. 숙박비는 말할 것도 없다.

내가 홍도에 간 1995년 1월엔 객선이 일주일 넘게 들어오지 않았다. 그러나 태연하게 난롯가에 앉아 담배를 피우고 있는 것은 여름에 들어와서 겨울에도 나가지 못한 아가씨들이다.

섬 다방

가끔 섬 다방에 가면 고향에서 온 여인을 만난다. 딱 떨어지게 충남 서산이 아니라, 대전쯤, 아니 강원도에서 온 여자도 있다.

처음엔 바다가 좋아서 왔다고 하는데 담배를 물고 앉은 폼을 보면 낭만에 취해 온 것 같지 않다. 물론 개중엔 그런 멋있는 여인도 있겠지만 대부분은 낭만에 실패한 여인들이다.

피해서 온 것 같다. 도망쳐 온 것 같다. 딴 꿍꿍이가 있어 온 것 같다. 손가락 사이에 낀 담배가 뿜어내는 연기를 보면 안다. 손가락 끝 손톱의 짙은 색깔을 보면 안다. 동백꽃보다 짙은 입술을 보면 안다. 테이블 위에 흩어진 맥주병과 화투장을 보면 안다. 방아쇠처럼 긋고 싶은 발사와 탈출, 항상 보따리는 도망칠 준비로 가득 차 있다.

도무지 창밖으로 보이는 바다에게 미안해서 차 한 잔 시킬 마음이 들지 않는다. 나 같은 것은 손님도 아니다. 이런 뜨내기는 나가줬으면 하는 눈초리가 무서워 밖으로 나온다.

그럴 때 바다는 시원한 청량제다. 진작부터 바다라야 했다. 내 마음을 이해하고 내 시에 공감을 넣어주는 것은 역시 바다라야 했다. 그렇지만 어쩐지 불쌍한 생각이 들었다. 담배가 화투장이 그리고 술병이 그 여인의 손톱과 눈동자가. 등대같이 순수했을 그 여인의 옛 고향이.

그러나 내 시는 그에게 아무 역할도 못 한다. 슬프다. 다방에 들르는 것이 아닌데 그랬다. 갈매기나 만날 것을 그랬다.

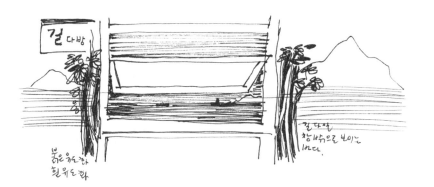

길 다방

길 다방
창밖으로 보이는
바다.

붉은 우수리와
흰 위로화

빠져나오기

너는 빠져나와야 한다. 아까운 청춘이 다 가기 전에 빠져나와야 한다. 컴퓨터의 함정에서, TV의 불륜에서, 비디오의 폭력에서 빠져나와야 한다.

취소 → 취소 → 취소 → 취소 → 취 ↔ 소, Enter를 치고, 더 물을 것도 없어, 빠져나와! 여긴 섬이야, 섬. 우리는 언제까지 삽입과 몰입에 몰입될 것인가.

왜 우리는 흙도 물도 아닌 곳에 함몰되는 것일까. 취소! 빠져나와야 해. 저기 배가 떠간다. 버린 단말기가 둥둥 떠 내려간다. 그 속에서 용케 빠져나온 너, 죽을 뻔했지? 가여운 내 새끼.

섬이다! 만세! 만세! 독립 만세! 어쩌다 이 지경에 이르렀나. 가여운 내 새끼.

3 고독해서 떠난다

떠돌며 얻은 시

어딘가 가고 싶다. 누구나 한 번쯤은 이런 생각에 사로잡힌 경험이 있다. 그런데 어찌 된 셈인지 나는 항상 그런 생각으로 이어지는 것 같다. 어딘가 가고 싶다는 것, 그것이 날 떠돌게 했고 그 떠돌이가 내게 시집을 물어다 줬으니까. 나는 10대의 어린 시절부터 오늘까지 어딘가 가고 싶을 적엔 혼자서 슬그머니 섬으로 떠났다.

내 고향에서 가까운 안면도, 간월도, 황도로부터 시작해서 용유도, 영흥도, 덕적도, 완도, 신지도, 고금도, 노화도, 보길도, 진도, 흑산도, 홍도, 남해도, 거제도, 나로도, 초도, 선죽도, 거문도, 울릉도, 관음도, 우도, 백도, 가파도……

이들 중에서도 다시 마음에 떠오르면 몇 번이고 갔다. 우리 나라에 있는 섬 3,400여 개를 다 가볼 수는 없지만 갈 수 있는 곳은 언제고 가야 한다는 생각이다. 섬에는 고독이 많다. 따라서 고독을 먹고 사는 내 시는 그곳에서 많이 만날 수 있다.

흰 고무신

나는 섬으로 가기 전에 지도에서 섬을 골라낸다. 가장 먼 곳에 있는 섬, 이번에도 그런 섬 말도末島를 골랐다. 말도는 고군산군도에 있는 마지막 섬이다. 야미도·신대도·선유도·대장도·관리도·방축도·명도 그리고 말도다.

배가 다가가면서 섬의 윤곽이 드러나고, 섬의 윤곽이 드러나면서 내 상상도 활발해진다. 섬을 지도에서 고를 때 떠오르던 생각이 선명해진다. 그리고 눈에 보이는 것이 모두 새롭고 신기하고 반갑다. 모두 낯설지만 그것들이 낯익어질 것을 생각하면 배에서 내리기 전에 가슴이 부풀어 오른다. 선착장에서 내려 언덕길, 길가에 비교적 굵은 소나무가 열 그루. 그 소나무도 반갑다.

학교는 폐교되어 아이들 소리가 멎었고 운동장은 바다를 마주 보게 되어 시원하다. 화단엔 폐교 전에 심었던 칸나가 빨갛게 물들어 가며 학교가 폐교된 줄 알고 가슴 아파한다. 우선 민박집을 찾았다. 김씨 노인, 그는 해병대 옷을 그대로 입고 있다. 군화도 그대로 신고 있다. 그 민박집은 구멍가게를 겸해서 편리했다. 도시에서 말하는 편의점이다. 민박집 마루가 뽀얗다. 얼마나 문질렀으면 저럴까. 뒤란에선 해바라기가 반겼고 호박 덩굴이 곁눈질하며 울타리를 넘어가고 있다. 그는 반갑게 나를 맞아들인다. 나는 쉽게 정갈한 사람을 만나 반가워서 맥주 한 병을 샀다. 그리고 한 잔씩 나눠 마시며 이야기를 나눴다.

그는 첫인상부터 부지런해 보였다. 외모도 깔끔해 보였지만 집구석 어디를 봐도 지저분한 데가 없다. 그리고 풍성하게 보였다. 아래채에는 지붕에 닿을 만큼 장작이 쌓여 있고, 해바라기는 그보다 높이 솟아 바다를 내려다보고 있다. 뒷간도 청소가 철저하게 되어 있다. 야전용 화장실 같다. 아내도 김씨만큼 늙었다. 아내는 해가 뜨기 전에 바지락을 캐러 바다로 나간다. 그러자면 대밭을 지나 산언덕을 넘어야 한다. 그리고 등대 아래 뻘밭에서 바지락을 캐면 그것을 머리에 이고 또 그 산을 넘어온다. 그때 그녀의 표정은 김 노인만큼 밝지 않았다.

그리고 4년 후에 그 노인을 찾았는데 그는 아내와 육지로 갔다고 했다. 집은 비어 있고 내가 잤던 방 뒷문으로 보이던 해바라기는 보이지 않았다. 구멍가게는 음료수 캔이 몇 개 들어 있을 뿐 문이 잠겨 있는 상태다. 병원에 갔으니 돌아올 거라고는 했지만 언제 돌아올지는 아무도 모른다 했다. 그리고 또 4년 후에 말도에 갔다. 그때에도 돌아오지 않았다. 이번엔 문이 다 잠겨 있어 집은 더 초라해 보였다. 김 노인 옆집은 오막살이였는데 그 집은 그대로 있었다. 그리고 문 앞엔 깨끗이 닦아 놓은 여자의 흰 고무신이 놓여 있다. 나는 그 고무신을 보고 시를 썼다.

지도를 펴면 모두 혼자 가야 하는 길

횡경도 방축도 명도 그리고 말도末島

산 너머 등대 울창한 소나무길 걸어서

바지락 캐며 혼자 사는 여자

기억은 무엇이고 가물거리는 거품일 뿐

빈 가슴에 파도를 재우며 사는 여자

말도 다음은 똥섬

소나무 키우느라 바윗돌 갈라지고

바람맞이 단섬은 그것도 없어

치마폭에 갯바람만 모여드는 곳

아무도 나이를 묻지 않아

생일을 잊고 사는 여자

오늘은 어디 갔나

헌신 뽀얗게 닦아 놓고

어디 갔나

「말도 · 혼자 사는 여자」 전문
(『섬마다 그리움이』, 1992)

뜻하지 않은 일을 만나는 맛

이번엔 멀리 추자도로 가고 싶다. 추자도는 목포와 제주도를 왕래할 때마다 그곳에서 내리는 사람을 보면 나도 따라 내리고 싶었으니까.

아침 일곱 시, 나는 강남터미널에서 목포로 가는 버스를 탔다.

집에서 책을 읽는다고 하면 그것도 책 속에서 이루어지는 만남은 있다만 이렇게 차를 타고 떠나게 되면 뜻밖의 것에 만나는 일이 더 많다. 여행이란 쓸데없이 돌아다니는 데 맛이 있는 게 아니고 무엇인가 뜻하지 않은 일을 만나는 데 맛이 있는 것이다. 목포까지 오는 사이에도 두 가지 그런

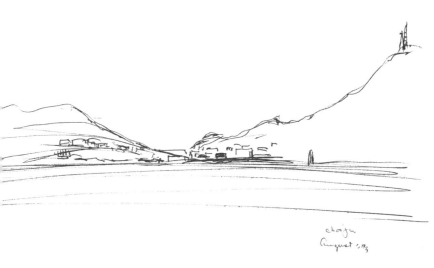

일이 생겼다.

하나는 버스 뒷좌석에서 젊은 사람이 정중하게 인사한 데서 시작되었고, 다른 하나는 목포에 도착해서 화가 남농南農의 향토문화원에 가게 된 일이다.

그 젊은이는 나에게서 시 이야기를 들은 적이 있다고 하며 해양대학을 나와 4만 톤짜리 원양 화물선을 타고 오대양을 누빈다고 했다. 고국에 돌아와서 물건을 배 가득히 싣고 해외로 나가면 그보다 떳떳하고 기쁜 일이 없는데, 싣고 나갈 물건이 없을 때, 즉 빈 배로 나가야 할 때는 그보다 뼈아픈 일이 없다고 감상적인 애국론을 편다.

한 달을 바다 위에서 지내고 일주일을 육지에 발붙인다는 그의 말에 배만 보면 타고 싶어지는 나에게는 여간 부러운 것이 아니었지만 망망대해에서의 고독은 얼마나 하랴하며 그의 손을 놓고 헤어졌다.

목포에서 시간 여유가 있기에 갓바위에 있는 향토문화원에 갔다. 이곳에는 남농 허건許楗(1907~1987)이 3대에 걸쳐 수집한 수려한 수석과 그림 그리고 골동품이 전시된 곳이다.

남농은 소치小癡(1809~1893)와 미산米山(1848~1931)의 뒤를 이은 남종문인화의 명가 운림산방의 대표 작가로서 신남화新南畵를 개척한 화가이다.

그는 1981년 자신이 일평생 수집한 수석 2,000여 점과 선대로부터 내려온 서화 골동품(약 10억)을 국가에 헌납했다. 평생 붓 한 자루로 살아왔으니 붓이 다 닳고 명이 다하면 그만이지 가지고 갈 것이 뭐 있겠느냐, 모은 것을 사회에 돌려줘야 한다고 했다.

전시장 밖은 갯바람이 큰 소나무를 흔들고 푸른 바다의 아름다운 정경은 그의 인간미를 더욱 돋우어 보였다. 열심히 살아가며 얻은 것들을 모든 사람의 행복을 위해 내놓는다. 평범한 일인데 왜 실행하기가 그렇게도 어려울까.

떠나는 사람들

목포에서 아침 열 시에 배를 탔다. 배표를 살 때는 버스표
나 기차표를 살 때와 다른 것이 있다. 여객선 여행 신고라
는 것이 그것이다. 이름을 쓰고 성별을 표시하고 주소와 주
민등록번호에 직업까지 기입해서 주민등록증과 함께 제출
하는 일 그것이 뜻하지 않은 죽음을 잠시 생각하게 한다.

그러나 주민등록증과 배표를 호주머니에 넣고 나면 바다
위에 뜬 구름처럼 마음이 다시 가벼워진다. 변덕스러운 사
람의 심경이다.

기관실에서 좀 떨어져 있는 작은 선실, 그런 방에 배 깔
고 누워서 둥근 선창으로 푸른 바다를 내다보고 싶은데 그

것을 허락하지 않는다. 삼등실에는 축 늘어진 생선처럼 손님들이 쫍쫍하게 늘어져 있어서 발 들여놓을 곳이 없고, 통로란 통로에는 신문지를 깔고 앉아 있으니 숨통이 막힐 지경이다.

그래도 나는 배만 타면 물 위에 앉은 갈매기처럼 마음이 출렁거리는 것을 어찌하랴.

목포항을 떠나 다섯 시간 만에 추자도에 도착했다. 우리나라 전도를 보면 추자군도라는 것이 깨알만 한 점 서너 개로 표시되어 있는데, 이곳에 와보니 너무했다는 생각이 들었다.

왜냐하면 추자도는 규모로 보나 위치로 보나 가치로 보나 점 서너 개는 지나친 것이라는 것을 느끼게 된다. 우선 들어서보면 항구에 선박이 가득 차 있고 거미줄처럼 얽힌 통신망에 봉고차, 오토바이, 자전거, 경운기 해서 4~500m 남짓한 부둣가 도로가 항상 붐빌 정도다. 그뿐 아니다. 내가 서 있는 자리에서 내 시야에 들어온 섬만도 열다섯 개가 넘는다.

추자군도는 섬이 46개나 된다(그중 유인도는 상추자도, 하추자도, 추포도, 횡간도 네 개뿐이다). 그럴 리가 있나 하고 의아스럽게 여기는 사람을 위해서 내가 확인한 섬 이름만 가나다순으로 불러보겠다.

가인서, 검등서, 경서, 공서, 곽도, 낙생이, 넙덕도, 녹서, 다무래미, 대화도, 돌도, 등대여, 망도, 망여, 문서, 방도, 방서, 사수도, 상도, 상추자도, 섬도, 송화도, 수덕도, 수령도, 수영서, 시루여, 염도, 예도, 오동서, 외곽도, 우두서, 우비서, 절명도, 주서, 직구도, 증서, 첨도, 추포도, 하추자도, 혈도, 환서, 횡간도, 흑검도, 흑서……. 이렇게 해상에는 온통 추자도뿐인데, 이곳 어린 학생들이 지도를 펴보고는 얼마나 실망을 할까.

다음 날 아침 배 뜨는 시간을 기다리기 위해 여관 옆에 있는 다방(현대)엘 들렀다. 앉자마자 아가씨 하나가 오늘 떠나느냐고 묻는다. 그렇다고 했더니 자기도 목포에서 같은 배에 탔었다며 한 달이 지나야 추자도를 떠날 수 있다고 한다. 벌써 향수에 젖은 눈으로 나를 부럽게 바라보고 있었다. 목포의 넓고 화려한 곳에서 정신없이 일하다가 이곳에 며칠 있어 보니 심심해서 죽을 것 같은 모양이다. 그러나 그녀도 머지않아 떠나게 되니 이 세상은 모두 떠나는 사람들뿐인 것을.

기다리는 시간
보내는 시간
Yoe Su July 28, 1979

등대가 추억의 지표가 되는 이유

횡간도는 추자군도가 끝나는 마지막 섬이다. 집이 스무 채 밖에 없는데 두 집 걸러 한 집은 빈집이다. 빈집에는 고양이가 살고 집과 집 사이에는 돌담이 성벽처럼 쌓여 있다. 성벽으로 기어오르는 담쟁이덩굴만이 새파란 청춘이다. 마을 사람들은 모두 스물둘인데 대부분 다 노인들이다. 그것도 할머니 열아홉 분에 할아버지는 세 분뿐, 모두들 심심해서 이 집에 모였다 저 집으로 가곤 한다.

배에서 내려 서씨 노인의 집에 들어서자 마을 할머니들이 하나씩 둘씩 서씨 집으로 모여들었다. 사람 구경하러 온 것이다. 나를 구경시키는 것이 부끄러워 그 자리를 피하기 위해 섬 구경하러 왔다고 하자 서씨 노인은 자기가 다녔던 학교 앞으로 데리고 갔다. 학교는 문을 닫은 지 오래고 교실 창문은 깨진 것이 더러 있었다. 깨진 유리창으로 검은 고양이가 사뿐히 뛰어내린다. 운동장엔 잡초가 무성하다. 찾아오는 학생도 없고 젊은 학부모도 없다. 교실 문이 꼭 잠겨 있다.

서씨 노인은 운동장을 지나 어려서 소풍 왔다는 너럭바위로 나를 데리고 갔다. 참깨밭을 지나고 고구마밭을 지나 메밀밭 끝에 너럭바위가 있다. 그 바위에 앉으라고 하며 일 년에 두 번씩 소풍 왔던 자리라고 했다. 그리고 그 바위에서 내려다보이는 하얀 등대를 가리켰다. 저 등대를 보러 소풍 다녔다고 했다. 학교에서 400~500m밖에 안 되는 거리인데 아무 불평 없이 점심을 먹고 돌아갔다 한다. 학교로 돌아와서는 등대에 대한 글을 썼다고 했다. 내가 시를 쓴다는 것을 의식했는지 자기는 글을 쓸 줄 모른다고 했다. 자기는 이 학교를 졸업하고 아버지 따라 배를 탔으며, 아버지가 배에서 손을 떼자 자기가 배를 몰고 멸치잡이 나갔다고 한다. 멸치를 잡으러 갈 때 그 등대를 지나 바다로 나왔고, 멸치를 잡아 가지고는 다시 등대 밑을 지나 집으로 돌아왔다는 이야기다.

꿈 속에 굼거리는은
해수욕장에서
나 을 하나 내고
징 것 다 리 바 더 를
넘어 땅에 나 으로 로 굴 다
한 줄 이 라 고 소 리
치 기 가 틀 다 까 매
했 다.
1979.7.26.

　　그는 말을 이었다. 아홉 명이 이 학교를 나왔는데 지금
두 사람이 남아 있다고. 그 두 사람은 자기와 상추자도에
사는 김씨 할머니라고 했다. 둘은 칠십이 넘은 동갑 친구.
내가 상추자로 돌아간다고 하자 그는 서슴없이 새 옷으로
갈아입고 따라나섰다. 그 할머니를 만나 이야기할 것이 있
다며 따라나섰다.

　　　　　외로운 사람이 외로운 사람을 찾는다
　　　　　등대를 찾는 사람은 등대같이 외로운 사람이다

무인등대가 햇빛을 자급자족하듯

사람도 외로움을 자급자족한다

햇볕을 받아 햇볕으로 바위를 구워 먹고

밤새 햇볕을 토해내는 고독한 토악질

소풍 온 아이들이 제 이름을 써놓고 돌아간 후

등대가 더 쓸쓸해진 것을 애들은 모르고 있다

「녹산 등대로 가는 길 3」 전문

(『거문도』, 1998)

칸나가 무성한 섬

집을 떠난 지 여러 날이 됐다. 그렇지만 매일매일 새로운 풍물의 출현으로 별로 집 생각이 나지 않는다. 오늘은 비양도다. 처음 가는 곳이다. 그러기에 호기심이 더해진다.

육지에 사는 사람들은 제주도에 오면 한 바퀴 획 돌고 돌아가는 것이 고작인데 실로 제주도의 맛은 부속 도서를 찾는 데 있다. 가령 비양도, 가파도, 마라도, 우도, 토끼섬, 형제섬 이런 데 말이다. 선편 관계로 기회가 잘 안 닿는 수가 많으나 비양도, 가파도, 우도는 하루 두 번씩 정기 운항선이 있어서 별문제가 아니다.

섬 하면 홍도나 흑산도에만 떼 지어 모여들 게 아니라 여

유 있게 비양도, 가파도, 우도 등지를 찾아다니는 것도 멋
있는 일이라 하겠다.

비양도는 제주도 한림 앞 바다에 있는 섬이다. 면적 492㎡,
70가구에 300여 명이 풍요롭게 사는 작은 섬이다.

한림에서 배를 타고 20분쯤 와서 선착장에 내리면 오른
쪽에 섬을 한 바퀴 돌 수 있는 길이 있다. 화산의 흔적인 검
은 돌을 밟으며 가면 파도에 시달려 목소리조차 가늘게 들
릴 듯 말 듯한 애기업은돌〔負兒石〕을 만난다. 나는 이 지점
에서 다음과 같은 짧은 시 한 편을 쓰게 됐다.

식은돌〔浮石〕 물 먹는 소리

애기업은돌 젖 달라는 소리

큰각재여 따라

작은각재여 울고

텅 빈 섬 돌 우는 소리에

염소 따라 우는 소리

「비양도 · 돌 우는 소리」 전문
(『섬에 오는 이유』, 1999)

섬을 돌다가 보면 두 척의 폐선이 앙상하게 쓰러져 있는 것을 볼 수 있다. 그것은 마치 인간의 패배상 같은 것이어서 서글퍼진다.

그곳에서 왼쪽 앞바다를 보면 큰각재여와 작은각재여를 볼 수 있다. 이들 두 개의 섬은 썰물에는 섬 전체가 드러나다가도 밀물이 되면 반 이상이 가라앉는다.

옛날 몸에 가시 돋친 큰 물고기가 이곳에 올라온 것을 보고 '가재라는 물고기가 노는 곳'이라고 '가재'라는 이름을 붙였다고 한다.

이 두 개의 작은 섬을 오른쪽에 두고 산언덕에 서면 바다에서 불어오는 바람이 땀을 씻어준다. 잠깐 쉬었다 언덕을 넘으면 단란한 70가구의 마을이 내려다보이고 아담한 백사장이 펼쳐진다.

이곳에서는 한라산이 바로 맞은편에 있어서 그 정경이 이루 말할 수 없을 정도다. 누가 심었는지 비탈진 길가에 무성한 칸나 또한 인상적이다. 산봉우리는 100여 미터 높이의 것인데 두 개의 분화구에는 상록수가 울창하게 들어서 있다.

섬에서도 묘지 문제는 크다. 지극히 제한된 면적에 해마다 늘어나는 묘지의 면적을 무시할 수는 없다. 이 문제는 거제도에서도 그랬고 가파도, 우도 역시 같은 고민거리였다.

그런데 비양도에는 묘지가 눈에 띄질 않는다. 이곳 관례에 따라 죽으면 배에 실어다가 금악산 뒤편 정물오름이나 한림 공동묘지 갯거리오름에 묻기 때문이다. 사실 비양도 사람이 죽어 비양도에 묻기로 하면 몇 년 안 가서 섬 전체가 묘지화되고 만다.

비탈길을 내려오니 두 마리의 검은 염소가 나를 우둑하니 쳐다본다.

나는 이 섬이 좋았다

모슬포에서 하루에 네 번씩 가파도로 가는 배가 있다. 이 섬에는 높은 언덕도 낮은 산도 없다. 사방이 바람과 파도뿐이다. 떼를 입힌 넓은 운동장을 번쩍 들어다가 바다 위에 띄운 것 같은 섬이다.

크기가 비양도의 6분의 1 정도인데 인구는 배가 넘는다. 겉으로 보기에는 땔감도 없고 벼 한 포기 꽂을 논도 없어, 저런 데서 어떻게 사느냐 하겠지만 다른 섬에 비해 생활이 여유 있는 곳이다. 모든 생필품은 모슬포에 가야 얻을 수 있기 때문에 부족한 것이 생기면 늘 모슬포 쪽을 바라보게 된다.

산토스 파라스
1996. 11. 24
Saint

　오후 세 시 이 작은 배에 둥근 수박이 오르고 라면 상자
가 오르고 그 밖에 많은 짐이 오르더니 섬사람들 스무 명쯤
싣고 출발한다.

　모슬포를 떠나자마자 쪽빛처럼 푸른 바다가 성질을 부리
기 시작했다. 수박이 뒹굴고 짐짝이 내려앉고 여인네 치마
에 파도가 덮친다. 그래도 겁을 내는 사람은 하나도 없다.

　파도와는 상관없이 배 위에서 남제주 쪽을 바라보는 경
치는 일품이다. 송악산 분지를 돌아 애수에 잠긴 검은 형제
섬이며 젖무덤 같은 산방산 그리고 구름 위에 뜬 한라산은

정말 아름다운 풍정이다.

추자도는 바다 위에 섬으로 섬으로 이어지는 광경이요 비양도는 섬 가운데에 우뚝 솟은 산봉우리로 단조로운 섬인데 가파도는 낮게 깔려서 금방 잠길 듯 찰랑거리는 섬이다.

가파도의 동쪽에는 수많은 무덤이 있다. 할아버지의 무덤, 아버지의 무덤과 나란히 어머니의 무덤, 그와는 달리 어느 무덤은 태풍을 만나 조난에서 밀려든 젊은 사람의 무덤도 있어 슬프다.

나는 이 섬에 오느라 거센 파도에 시달렸지만 그 파도에 이끌리는 마음은 여전했다. 가파도엔 아는 사람이 없다. 차 한 잔 마시며 밖을 내다볼 만한 곳도 없기에 더욱 쓸쓸했다.

가파도 가면

가파도 사람 하나

으스러지게 껴안을 것 같았는데

만나고 보니 모두

남이다

옷도 같고 얼굴도 같은데

만나고 보니 남이다

내가 가파도 사람 하나
으스러지게 껴안으면
누가 뭐라고 하랴만
주민등록증만 내밀고
바닷가를 돌며
눈치만 보았다

이런 생각은 나의 자격지심인지도 모른다. 나는 이 섬이
좋았다. 며칠이고 머물러서 파도 소리 들으며 이곳 사람들
과 지내고 싶었다.

그러나 그때까지는 나 혼자만의 고독을 체험해야 한다.
아니 그들과 다정하게 이야기하며 지낸다 하더라도 내 외
로움은 그대로 남아 있을 것이다. 고독은 사람들 속에서도
느낄 수 있으니까.

또 어딘가 가자.

해가 뜨고 해가 지는 일

우이도 돈목에 가본 사람이면 누구나 '그 섬에 또 가고 싶다'고 할 거다. 그 섬은 모래가 일품이다. 모래언덕(沙丘)도 아름답지만 바닥에 깔린 모래밭도 편안하다. 나는 돈목에 있는 동안 신발을 발에 꿰지 않는다. 모래밭을 나비처럼 날아다니고 싶어서 그런다.

그런 모래밭을 고독으로 짓이기는 여인이 있다. 그녀는 해가 질 무렵 자전거 페달을 밟고 무아경으로 지는 해를 향해 달린다. 그녀는 학생이 둘밖에 없는 분교장에 혼자 와 있다. 수업이 끝나면 아이들이랑 과자를 들고 낚시터로 간다. 그리고 오후 수업을 낚시터에서 마친 다음 자전거를 끌

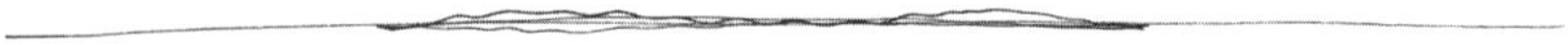

고 백사장으로 나온다. 해가 지는 아쉬움을 참지 못하겠다는 몸짓으로 페달을 밟는다. 서쪽 수평선을 향해 말을 몰듯 페달을 밟는다. 햇살이 바퀴살에 뛰어들어 바퀴를 멈추려 하지만 바퀴는 멈추지 않는다. 그렇게 한 시간을 백사장에 뿌린다.

태양을 따라 멀리 수평선을 넘어가듯 그렇게 신나게 달리고 나면 모랫바닥은 온통 바퀴자국으로 얼룩이 진다. 해가 완전히 물에 잠기고 어둠이 깔릴 때 그녀는 숙소로 돌아온다. 그보다 늦게 돌아가는 소가 바퀴자국을 밟고 지나간다. 소의 무게로도 모래를 깊이 파고들지 못한다. 그러다가 다음 날 아침 해가 뜨기 전에 가보면 바퀴자국은 간 곳이 없다. 물이 다 지워버린 것이다. 해변엔 그렇게 반복되는 리듬이 있다. 아름다운 반복의 운율, 그것은 눈으로 읽을 수 있는 시의 선율이다.

해가 뜨고 해가 지는 일은 만물에게 나눠주는 생명의 선율이요 수액과 같은 시의 혈액이다. 읽지 않아도 몸에 감기는 시, 바퀴살에 햇살이 감겨도 구겨지지 않는 시. 살아 움직이는 아름다움, 그것은 약동하는 우주의 리듬이다. 이 리듬에 맞춰 사는 것이 현명한 삶의 지혜다. 해가 뜨고 해가 지는 곳으로 가까이 가고 싶다.

떠나라

여행에서 새벽바람과 별을 빼놓으면 지루한 산문이 된다. 순간이며 길고 글이 아니면서 기술記述이 되는 여로, 여로마다 손실을 챙기고 챙기면서 잊어가는 수첩 속에 비망備忘.

배에 가득 실었던 욕망을 부두에 내려놓고 배낭 하나로 걸어 나선다. 여행은 네가 너를 가르치는 철저한 독학이다. 여행에서는 네가 너를 처리해야 한다. 그래서 여행은 혼자일수록 충실한 학습이 된다.

여행은 남모르게 입은 상처를 치유하는 데 좋고 잃어버린 것을 새로운 것으로 바꾸는 데 좋다. 여행 때문에 길바닥에 깔아놓은 돈을 따지지 말라. 그 손실 때문에 조금은 빨리 가난해진다고 해도 죽음으로 가는 길이 빨라지는 것은 아니다.

　살아서 움직이는 운동 중에 '간다'는 것과 '온다'는 운동만큼 중요한 것이 어디 있나. 설사 그 행동에 목적이 붙지 않았다 하더라도 '간다' '온다'는 그 자체가 목적인 것을, 떠나라 떠나. 이른 새벽에 떠나든 깊은 밤 열차로 떠나든 떠나라.

초행길

발로 걸어 다니는 것은 첫발부터가 위태위태하다. 그러나 다리에 살이 오르고 뼈가 단단해지면 어디론가 가고 싶어진다.

그것은 고독의 힘이다. 가거도 일리一里 언덕을 넘어 후박나무 숲을 지나 훤하게 트인 바다 앞에 서면 두 갈래 길이 발을 세운다. 하나는 바닷가로 이어지고 다른 하나는 독실산 능선으로 해서 삼리三里로 이어진다.

여기서 나는 오른발이 먼저 나오기에 오른쪽 길을 택했다. 시원한 바람에 흰 구름이 동행하는 길. 가도 가도 마주치는 사람이 없다.

삼리 마을에 들어서자 물 한 그릇 청했더니 허리 굽은 할머니가 부엌으로 들어가 대접을 꺼내서 깨끗이 닦는다. 그리고 물을 몇 번이고 퍼낸 다음 한 대접 떠준다. 그 정성이 물맛을 달게 했다.

이 할머니의 정성은 무슨 힘일까. 그것은 고독의 힘이다. 할머니의 고독과 내 고독의 만남. 고독과 고독의 만남은 정직하고 아름답다.

삼리에서 등대까지는 울창한 밀림, 나는 여기서 이리二里로 가는 배를 기다려야 한다.

이리로 가는 길도 초행길이다. 태어나서 죽을 때까지 더듬더듬 이어지는 초행길, 이리에 가면 해는 떨어지고 나는 낯선 집에서 하룻밤을 지낸다.

고독은 평등하다

어디 가느냐고 묻는 사람이 있다. 섬에 간다고 하면 왜 가느냐고 한다. 고독해서 간다고 하면 섬은 더 고독할 텐데 한다. 옳은 말이다. 섬에 가면 더 고독하다. 그러나 그 고독이 내게 힘이 된다는 말은 아무에게도 하지 않았다. 고독은 힘만 줄 뿐 아니라 나를 슬프게도 하고 나를 가난하게도 하고 나를 어둡게도 한다.

어떤 사람은 고독해서 술을 마시고 어떤 사람은 고독해서 수화기를 든다. 모두 자기 고독을 해결하기 위해 나름대로의 지혜를 짜낸다. 하지만 고독은 자유로워야 한다. 훨훨 날 수 있는 날개를 가져야 하고 지도처럼 방향이 명확해야

生命保다.

1978.2.27
회島山潮에서

바다가 늘 감시하고
있人을 억제한다.

한다. 마음대로 만든 공간을 마음대로 누웠다가 마음대로 일어설 수 있어야 한다.

우이도 돈목마을에서 칠십 평생을 살았다는 박영순 노인이 생각난다. 서울 딸네 집에 갔더니 하루도 못 살겠더라고 하던 노인, 앞집도 뒷집도 집을 비운 채 육지로 가고 없는데 그 노인이라고 외롭지 않을 리가 없다. 다만 살던 데가 마음 편해서 그러는지도 모른다.

고독은 누구에게나 있다. 권력이 많은 사람에게도 있고 재산이 많은 사람에게도 있다.

고독은 어디나 있다. 부산한 도시에도 있고, 외딴섬에도

있다. 살아 있는 동안은 고독의 연속이다. 고독 때문에 병나는 사람도 있고 그 병을 치료하는 사람도 있다. 물론 그 병원 의사도 고독하고 간호사도 고독할 때가 있다.

고독하지 않은 사람이 만든 옷은 몸에 맞지 않고 고독하지 않은 사람이 조립한 시계는 시간을 잴 줄 모른다. 시인이 고독했을 때 펜을 들면 시가 되고 화가가 고독했을 때 화필을 들면 그림이 된다. 그러나 고독했을 때 흉기를 들어 끔찍한 범행을 저지르는 사람도 있다. 고독은 깨끗한 마음과 평화로운 의지로 다스려야 한다.

나는 울릉도 태하에 있는 등대에서 하룻밤을 지낸 적이 있다. 그때 등대 기사는 밤새도록 날 앉혀놓고 고독하다는 이야기만 했다. 그러나 이야기할 상대가 없으면 등대 유리를 닦는다고 했다.

고독은 너와 나를 이어놓기도 하고 너와 나를 갈라놓기도 한다. 네가 보낸 편지 네 사진 네가 사준 시계 모두 네 고독의 상징이요 내 고독의 대상이다.

무덤의 고독은 묘비로 표시되고 여치의 고독은 울음으로 표시된다. 쓸쓸해서 못 살겠다는 말도 있다. 고독은 그만큼 힘이 세다. 너를 죽이기도 하고 너를 살리기도 한다.

여행하며 읽은 시

지도와 판화를 사랑하는 어린이에겐
우주는 그의 엄청난 식욕과 같다
아, 등불 아래 비치는 세계는 얼마나 크냐,
추억의 눈에 비치는 세계는 얼마나 작으냐!

어느 아침 우리는 떠난다, 머릿골은 활활 불타오르고,
원한과 서글픈 욕망에 답답한 가슴을 안고,
그리고 우리는 간다, 뛰노는 물결의 선율을 따라,
끝 있는 바다 위에 우리의 끝없는 마음을 흔들면서.
어떤 사람은 더러운 조국에서 달아남을 즐거워하고,

어떤 사람은 무서운 요람에서,

또 계집의 눈에 빠진 어떤 점성가들은, 위험한 향기 풍기는

항거 못할 시르세* 에게서 달아남을 즐거워한다……

그러나 참다운 여행가들은 오직 떠나기 위해

떠나는 자들. 마음도 가볍게 기구와 같이

주어진 숙명에서 아예 빠져나지 못하면서도

영문도 모르고 노상 '자, 가자'고 부르짖는다.

보들레르Charles Baudelaire의 시다. 보들레르가 여행가 막심 뒤 캉Maxime du Camp에게 보낸 「여행」이라는 시다.

시를 좋아하는 사람이면 누구나 그러하듯이 나도 여행길에는 시집 한 권을 빼놓지 않는다. 그럼에도 하늘에 떠 있는 것처럼 지상의 것을 업신여기는 수가 많다. 그것은 여행이라는 흥분 때문이다.

사실 가지고 가는 시집도 들추어볼 생각조차 하지 않고 붕 떠 있는 심정이니까.

프랑스 하면 몇몇 시인과 잘 알려진 그들의 시 그것밖에

는 머릿속에 떠오르는 것이 없었다. 그래 이번 여행에서도 여권 다음으로 챙긴 것은 보들레르의 시집『악의 꽃』이다.

그러나 프랑스 땅을 밟기도 전에 비행기에서 내려다보고는 얼굴색이 변해버린 것은 무엇 때문일까. 보들레르도 랭보도 아닌, 땅 때문이었다. 며칠을 달리면서도 그 생각으로 머리통을 얻어맞은 것처럼 멍하니 창밖을 내다보았다.

가도 가도 따라오는 밀밭과 옥수수밭, 그것이 끝나면 목장과 초원이 이어지고 그것이 끝나면 검은 숲을 꺼내놓은 비옥한 땅, 이것 때문에 나는 가장 가까이하려던 가방 속의『악의 꽃』을 멀리하고 말았다. 이것으로 시보다 흙에, 환상보다 실생활에 끌렸던 나를 변명하려는 것은 아니다. 솔직한 심정이다.

그 나라의 기라성 같은 예술가들보다도 평화롭게 흐르는 센강보다도 밤이면 찬란한 금빛으로 조명되는 에펠탑보다도 이른 아침부터 저녁 늦게까지 루브르미술관 앞에 늘어선 사람의 행렬보다도 프랑스의 흙을 더 부러워했다.

사람들 말에 의하면 '황금의 나라'라는 굉장한 나라가 있다고 하는데 나는 그곳을 오래전부터 사귀어온 여자

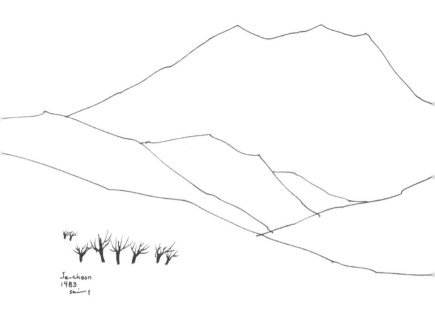

Je-cheon
1983
s___

친구와 함께 찾아가기를 꿈꾸고 있다. 그것은 북쪽 유럽
의 안개 속에 젖어 있는 신기한 나라, 서양의 동양, 유럽
의 중국이라 부를 수도 있을 것이다. 그토록 거기에는
발랄하고 변덕스런 환상이 멋대로 꽃을 피우고 이 나라
를 미묘한 식물들로 꾸준하고 끈기 있게 장식하고 있다.
그것은 참다운 황금의 나라, 그곳에 있는 모든 것은 아
름답고, 풍부하고 고요하고 예절 바르다. 그곳 사치는
질서 속에서 기꺼이 만족한다. 그곳 삶은 숨쉬기에도 감
미롭고 기름지다. 거기에는 혼란도 없고 뜻밖의 일도 있
지 않다. 그곳에서 행복은 고요와 융합하고 요리마저 시

적이며 기름짐과 동시에 자극적이다. 거기 모든 것은 그
대를 닮았다. 내 사랑하는 천사여……!

이 시는 보들레르의 산문시 「파리의 우울」 중에 있는 「여
행에의 권유」다.

차창 밖에서 나비의 날개처럼 파닥이는 현실은 그리움이
라는 꿈에 의해 더 아름답게 꾸며진다. 그러나 그것은 비옥
한 땅의 욕구가 아니요, 시정에 의한 잡념도 아니다. 그
것은 자기도 모르게 스며든 그리움이다. 이미 멀어진 사랑
까지도 날아오게 하는 그리움이다.

여정은 그런 데서 더욱 성숙해진다. 보들레르가 잔 뒤발
Jeanne Duval을 사랑하듯 나도 나의 잔 뒤발을 만나는 꿈을
꾸게 된다. 여정엔 마력이 있다. 멀리 떨어져 있을수록 가
까워지는 마력이 있다.

잔 뒤발은 보들레르가 사랑하던 여인이다. 그녀는 혼혈
의 여배우로 성질이 고약했지만 육감적이고 야성적인 매
력에 보들레르가 오금을 못 쓰던 여인이다. 그는 스물두 살
때 그녀를 만났고, 한눈에 반했다. 「악의 꽃」에서 보들레르
는 그녀를 이렇게 노래했다.

나는 그대를 열렬히 사랑한다. 밤의 궁륭과 같이

오, 슬픔의 꽃병이여, 오, 말없는 키 큰 여인이여,

내 사랑 아름다운 여인이여, 그대 내게서 달아나면 달아

날수록,

그리고 내 밤을 장식하는 그대가 빈정거리듯

내 두 팔과 무한한 푸르름을 떼어놓은 공간이

한결 늘이듯이 보이면 보일수록 더욱 깊어져 간다.

나는 공격에 전진하고 습격에 기어오른다.

송장에 달려드는 한 떼의 구더기처럼

그리고 오, 굽힐 줄 모르는 매정한 짐승이여! 그대의 쌀

쌀함마저

나는 귀여워한다. 그럴 때면 그대는 한결 아름다워 보이

기에!

보들레르가 뒤발을 그리며 건너가던 마리교는 지금도 옛
모습으로 떠 있고 가로등 불빛을 먹은 나뭇잎이 눈부시게
흔들린다.

벤치에 앉은 젊은 남녀는 다정한 새들처럼 부리를 맞대느
라 정신이 없다. 달아오른 열기를 강바람이 닦아주고 간다.

낮에 광장에서 먹이를 얻어먹던 비둘기들이 다리 밑으로 들어가 잠을 재촉할 때 강변의 카페에 앉은 사람들은 아직도 여름밤의 낭만을 버릴 수 없어 맥주잔을 들었다 놨다 한다.

지하철은 철문을 내리고 시내버스가 하나둘 자취를 감춘다. 태양열이 아직도 따뜻하게 남아 있는 대리석 바닥에 아무렇게나 앉아서 가방 속의 『악의 꽃』을 꺼내는 것도 나그네의 외로움을 달래는 방법이다.

사교술이 능한 뒤발은 보들레르를 떡 주무르듯 했다. 냉대하는 척하다가도 불꽃을 일으키게 하는 뒤발……

굽힐 줄 모르는 매정한 짐승이여!
그대의 쌀쌀함마저 나는 귀여워한다.
그럴 때면 그대 한결 아름다워 보이기에!

그녀는 육체적인 매력밖에 아무것도 가진 것이 없었다. 정신적인 애정도 착한 마음씨도 보이지 않았다. 그저 엉큼하고 방탕스럽고 무식하기만 했다. 보들레르를 사랑하지도 않으면서 그를 속이는 등 금전적으로 늘 괴롭혔다. 그런데도 보들레르는 그녀를 떠나지 못했다. 그리고 괴로워했다.

사랑이란 무엇인가? 자신에서 벗어나려는 욕구……
모든 사랑은 매음이다.

오, 아름다움이여! 끔찍하고도 무서운 괴물이여!

사랑의 최고의 유일한 쾌락은 고통을 준다는 확신 속에 있다.

여성은 영혼과 육체를 구별할 줄 모른다. 여성은 동물처럼 단순하기 짝이 없다.

이런 악담도 퍼부은 보들레르였지만 여자가 미워서 그런 것은 아니다. 그는 여자를 진실로 사랑했고 여자의 진실한 사랑을 받고 싶어 했다. 그는 어려서부터 따뜻한 사랑을 받아보지 못했다.

계부 오픽Jacques Aupick에게 어머니를 빼앗기고 항상 사랑에 목이 타던 시인이다. 아버지는 62세요 어머니는 28

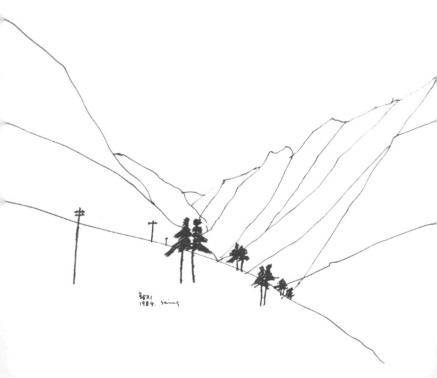

세, 이런 불균형에서 오는 갈등이 보들레르를 더 괴롭게 했다. 그래도 아버지의 영향만은 많이 받았다. 늙은 아버지는 손자 같은 아들 보들레르를 지극히 사랑했다. 뤽상부르 공원을 거닐며 아버지의 이야기를 들을 때가 제일 기뻤다. 그런 아버지를 여섯 살 때 잃고 어머니를 따라 계부 오픽 장군에게로 온 보들레르는 더욱더 가슴이 아팠다.

서른한 살 때 보들레르는 사바티에 부인Apollonie Sabatier에게서 모성애를 느낀다.

행복과 기쁨과 광명 넘치는 '천사'여,

죽어가는 다비드 왕이라면 황홀한 그대 몸에서

퍼져가는 영기, 회춘의 비약을 구했으리

그러나 그대에게 내가 원하는 것은, 오, 천사여, 오직 그대의 기도뿐,

행복과 기쁨과 광명 넘치는 천사여!

사바티에 부인은 당시 재사이자 거부인 모셀망Alfred Mosselman의 첩으로 살롱을 열어 숱한 문인들을 주위에 모

은 절세의 미인이다. 보들레르는 5년 동안 그녀에게 익명
으로 시와 편지를 보냈다.

　　당신을 잊는다는 것은 불가능합니다. 사모하는 하나의
　　환영에서 평생 눈을 떼지 않고 살아온 시인들이 있었다
　　고 하는데, 아닌 게 아니라 (이것은 너무나도 나에게 관계
　　가 깊은 일입니다만) 정절은 천재의 표적의 하나라고 생
　　각합니다. 당신은 몽매간에 그리는 하나의 환영 이상의
　　것입니다. 당신은 나의 미신입니다. 내가 무슨 어리석은
　　일을 했을 때 나는 혼자서 이렇게 말합니다. '주여! 만약
　　에 그이가 이것을 안다면!' 그리고 무슨 착한 일을 했을
　　때에는 '이로써 나는 정신적으로 그이에게 가까이 와 있
　　구나'라고.

　　뤽상부르 공원과 몽파르나스는 한때 예술가들이 모여든
곳이다. 보들레르의 무덤 오른쪽 모퉁이 카페를 돌아 골목
길로 들어서면 환락가로 이어진다.
　　이제 이 거리를 지나며 보들레르를 생각하는 사람 몇이

나 되고, 모딜리아니 · 샤갈 · 피카소 · 로랑생을 생각하는 사람은 얼마나 될까.

서울 명동에서 가난한 예술가들이 밀려나, 갈 곳을 잃었듯이 몽파르나스도 현대 건물이 즐비하게 들어서고 거리는 비즈니스가로 변하고 말았다.

몽파르나스 묘지에는 보들레르 이외에도 모파상과 고티에의 묘가 있다. 가로수 밑에 세워놓은 차량의 행렬을 지나가노라면 여기저기 개똥이 이맛살을 찌푸리게 하고 묘지 입구에는 알코올 중독자들이 도로변에 앉아서 술을 마신다.

보들레르의 시와 그의 사랑 뒤발과 사바티에 부인만을 생각하며 혼자 걷기에는 등골이 오싹해진다. 그러나 보들레르의 시집을 들고, 그의 무덤가를 기웃거리는 것도 무미한 짓은 아니리라.

여행 중에는 남의 사랑도 내 사랑처럼 빈 가슴에 차오른다. 파리에서 벨기에로 가는 길 역시 이어지는 밀밭과 옥수수밭, 해바라기밭과 채소밭, 가도 가도 지평선, 그곳에 해가 지고 그곳에서 달이 오른다.

세상에도 괴상망측한 족속이 벨기에인.

예쁘고 귀여운 것을 보면 커다란 눈깔을 굴리면서 은근히 투덜거린다.

머릿속엔 보들레르의 시 「벨기에인과 달」이 떠오르고 버스는 브뤼셀 가까이 들어선다.

• 시르세 : 호머의 『오디세이』에 나오는 마녀. 율리시스를 곁에 두기 위해 그의 부하들을 돼지로 둔갑시킨다. — 보들레르의 『악의 꽃』(정기수 번역)과 『컬러기행 세계문학전집』 상권(김성우 지음. 한국일보사)을 참고로 했음.

제주도. 휴양림까지
1986 sim,

4 고독은 죽지 않는다

흐느끼는 시

이런 시는 쓰지 말아야지 하면서 쓰는 시가 있다. 혼자서 감동하고 혼자서 흐느끼는 시, 그러면서 부끄러워하는 것은 무슨 이유일까.

사랑은 결코 유치하거나 부끄러운 것이 아닌데 시만 고상하려 한다면 그것은 크게 잘못된 일이다.

이렇게 자성하며 쓰는 시, 그래도 쓰지 말아야지 하며 쓰는 시, 나는 그런 시가 좋더라.

놀라 크를 그려
달라고 한다.
그것은 위험한
일이다. 그림은
印象으로 足하니
까.

KORYO
tea Room
August 1,
1981

韓島 Han

Mr. Kim & Miss Han

몰리런(옥스팔에폴)
남산등에서
July 27, 1984
sein J

자판기의 고독

네 손을 만지고 싶다. 그 차가운 손이 내 손에서 따뜻해지는 것을 느끼고 싶다. 흰 눈을 밟으며 앙상한 은행나무 밑을 지날 때 더욱 그런 그리움이 발걸음을 무겁게 한다.

호주머니에서 백 원짜리 동전 두 개를 꺼내 들고 자판기 앞으로 간다. 판매 중이라는 빨간 신호등, 동전을 삼키고 종이컵을 떨어뜨리는 소리, 조르르 따르는 고독한 솜씨, 기계도 외로울 때 더 예뻐 보인다. 닫힌 문을 열고 커피를 꺼낸다. 쌀쌀한 문명의 이기 속에도 따뜻한 그릇이 있다면 이런 것일까. 네 손을 만지고 싶다.

고독해서 마시는 커피

어디서나 고독의 온도는 찻잔의 그것만 못하다. 그리고 고독의 공간도 그것보다 좁다. 커피의 양보다도 작은 고독의 양, 그것은 넓은 해상에서도 그렇고 시끄러운 도심에서도 그렇다. 그러나 고독을 이해하는 데는 고독의 넓이가 필요치 않다. 고독을 이해하고 고독을 체험하려면 넓이는 좁을수록 좋다.

　나의 방은 좁다. 이 좁은 공간이 나의 산실이다. 그 고독의 등불 밑에 일부인日附印이 찍힌 편지가 있고, 새로 쓰기 시작한 시의 첫 줄이 있다. 내 고독의 공간은 좁지만 그리움은 넓다.

Bright Beach.
Let's stay here
for a while

August 1, 1975

Simon

만년필의 고독

사랑이 고독한 것처럼 만년필도 고독한 때가 있다. 영원한 '사랑'을 맹세해주던 만년필이 자기도 모르게 버림받고, 그 사랑도 어디론가 사라지고 말았다.

　사람은 변화 앞에 무기력하다. 글은 솔직한 자기표현이요, 자기 맹세인데 그것을 꼬박꼬박 기록해준 만년필을 슬그머니 버리고도 태연하다. 내 필통엔 그런 만년필이 수없이 많다. 혹 그들 중에 말을 할 수 있는 놈이 있다면 "배반자여!" 할 것이고, 손이 있으면 여러 번 내 머리통을 쥐어박았을 것이다. 그래도 나는 할 말이 없다. 글 쓰는 사람에게 만년필만큼 고마운 것이 어디 있단 말인가. 그런 고마움을 알면서도 마음은 여전히 변한다.

나는 펜에서 만년필, 만년필에서 볼펜, 볼펜에서 다시 만년필로, 이렇게 갈아치우며 글을 써왔다. 그래서 필통엔 쓰지 않는 필기구가 모여든 것이다. 그리고 타자기에서 컴퓨터로, 그때그때 편리한 대로 옮겨 다녔으니, 어느 만년필은 가혹하리만큼 갈증에 시달려 말라죽고 말았다. 이걸 보면 내가 얼마나 매정한 사람인가 알 수 있다. 지금도 컴퓨터에 의지해서 이 글을 쓰고 있다.

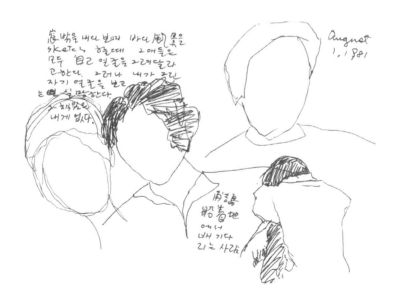

그동안 많은 만년필이 나에게 버림받았다. 그러나 절대로 버림받지 않겠다고 고집부리는 만년필이 하나 있다. 그것은 내 글을 그림자처럼 따라다니는 그림(스케치) 때문이다. 그 그림을 담당한 것이 지금의 만년필이다.

1987년에 독일의 하이델베르크에 간 적이 있다. 강변의 포도밭을 바라보는 순간 공연히 질투가 나서 찾아간 곳이 학사 주점인데, 낙서로 얼룩진 의자에 앉아 맥주를 마셨다. 그리고 내 마음에 무엇인가 심어주고 싶어서 산 것이 지금의 만년필 '몽블랑'이다. 목이 절대로 마르지 않는, 정말 부드러운 놈이다. 잉크는 한 번 넣어주면 그대로 가지고 있고, 촉은 부드러워서 수평선을 그릴 때마다 미리 알아차리고 그려 놓는다. 오래 기른 개가 주인이 갈 길을 알고 앞서 가듯 말이다.

이 만년필만은 버리지 말아야 하는데, 나는 내 맘을 모른다.

죽어도 고독은 죽지 않는다

가을은 깊어갈수록 쓸쓸하다. 늦가을에 숲길을 걷다가 한 해를 다 살고 보금자리(?)로 돌아가지 못한 곤충을 만나면 불쌍하다. 매미, 벌, 나비, 사슴벌레, 하늘소…….

오늘 오후엔 은행나무 밑에서 은행잎을 닮은 나비를 만났다. 노란 바탕에 검정 무늬, 일 년을 살고 버리기엔 너무 아까운 치장이다. 당장이라도 호흡을 불어넣으면 조용히 날 것 같은 날개, 살아서도 곱고 죽어서도 고운 모습, 어느 송장이 그처럼 화려할 수 있을까.

나는 그 나비를 맑은 유리병에 넣었다. 그리고 그것을 볼 때마다 그의 봄과 여름을 생각한다. 꽃에서 꽃으로 날며 온

몸에 꽃가루를 바르던 모습. 한 편의 시보다 한 폭의 그림보
다 아름답게 보이는 죽은 뒤의 모습. 어느 미라가 저렇게 고
울까 하며 나비의 아름다운 행복을 내 행복으로 바꿔본다.

Nakado
August 22,
1980

가을에 쓰는 편지

가을은 잊혀가는 사람에게 그립다고 엄살을 부리고 싶은 계절이다. 한 장의 글을 띄우고 한 줄의 회답이라도 받아보고 싶은 계절이다. 그것은 서로 살아 있음의 확인이요 서로 잊지 않고 있음의 전달이다. 그 이상의 것은 바라지 않겠다고 혼잣말을 하면서 다시 쓸쓸해진다. 만나면 할 말이 그리 많지도 않으면서 '보고 싶다'고 쓰고 싶다.

　나뭇잎이 나무 끝에서 떠나 겨우 땅에 닿을 정도의 시각. 그리움은 그런 정도의 짧은 변덕일지도 모른다. 그러나 그 것은 항상 나무 밑에 흩어진 낙엽처럼 추위를 탄다. 머리를 숙이고 걸어가는 앞사람의 몸에서도 그런 체취가 풍긴다.

'사람아, 본의 아니게 싸우며 살아가는 사람아' 하며 서로 오해를 풀고 싶은 계절에 너는 누구에게 편지를 쓰려느냐. 이 가을에 누구에겐가 편지를 쓸 수 있는 사람은 행복한 사람이다.

겨울에서 봄까지

겨울에서 봄까지는 가을의 마지막 이파리를 생각하자. 석유난로에서 물 끓는 소리가 방 안의 정적을 깨고 멀리로 나간다.

창밖엔 눈이 내리고……. 겨울의 창가에서는 봄을 기다리는 것이 마음의 순서인데 나는 왜 가을의 숲 속으로 발을 옮기는가. 겨울나무에 남아 있는 몇 장의 나뭇잎 때문인가. 아니면 마지막을 그처럼 곱게 불사른 생의 화려함 때문인가.

그들의 행적을 다시 찾아가고 싶다.

전봉건 시인의 「가을에」를 읽으며 어디론가 가고 싶다. 먼 데서 차가운 기침 소리가 들려온다. 감기약은 그만두고

라도 윤동주의 별과 이중섭의 깡마른 닭 아니면 황금빛으로 뒤덮였던 은행나무가 보고 싶다.

지금은 대학로, 옛날과는 그 멋이 달라지긴 했지만, 수십 년 전 성북동 비둘기가 날아오고 계곡물이 혜화동을 거쳐 시내 한복판을 지나가던 시절에는 노란 은행잎이 그 계곡물에 씻기며 한강으로 내려갔는데 지금은 젊은이들의 발에 무참히 밟히고 있다.

그래도 밟히지 않은 잎을 책갈피에 끼우는 사람은 누구인가. 그 사람은 그것을 주우며 무엇을 생각했을까. 아직은 보들보들한 은행잎, 오히려 그 보들함에서 더 생의 체온을 느낄 수 있다.

한 장의 지폐보다
한 장의 낙엽이
아까울 때가 있다
그때가 좋은 때다
그때가 때 묻지 않은 때다
낙엽은 울고 싶어 하는 것을
울고 있기 때문이다

낙엽은 기억하고 싶어 하는 것을

기억하고 있기 때문이다

낙엽은 편지에 쓰고 싶은 것을

쓰고 있기 때문이다

그래서 낙엽을 간직하는 사람은

사랑을 간직하는 사람

새로운 낙엽을 집을 줄 아는 사람은

기억을 새롭게 갖고 싶은 사람이다.

「낙엽」 전문
(『산에 오는 이유』, 1992)

누구나 늦가을의 은행나무를 보면 떠오르는 것이 있듯이
나에게도 은행나무에 대한 인상은 적지 않다.

우이동에서 북한산에 오를 때 도선사에서 두 그루의 은
행나무를 만난다. 한 그루는 대웅전 입구 천불전 오른쪽 돌
담에 기대어 선 은행나무인데 10월 말이나 11월 초의 은행
나무는 노란 거울 같아서 그 앞에 서 있는 나도 노랗게 물
들고 만다.

또 한 그루는 참회 도장 아래 독성각 왼쪽에 서 있는 은행나무인데 이것은 골짜기의 그늘 탓인지 같은 때에 아직 아랫도리가 연한 초록색으로 물들어 있다. 땅에 떨어진 잎은 떨어지는 대로 쓸어버려서 보이지 않지만 나무에 매달린 잎은 내 눈길을 하늘까지 끌고 올라가 붉게 타오른 북한산 단풍잎과의 대조를 보게 한다.

단색으로 그렇게 높이 서 있는 나무가 은행나무 말고 또 있을까.

명륜동 성균관대학교 구내에 있는 세 그루의 은행나무도 인상적이다. 중종(1519) 때 대사성 윤탁이 심었다는 은행나무인데 초봄엔 그 나무 밑에 있는 개나리꽃이 수줍어 피다가 늦가을엔 은행잎으로 하늘을 모두 노랗게 칠해 놓는다. 그 육중함을 지탱하기 어려워서 겨울에도 땀을 흘리는 것 같아 안타깝다.

수령 500년이면 너무 늙었다. 그래도 봄마다 잎이 피고 여름에 푸르러 시원한 그늘이더니 가을엔 노랗게 물들어 떨어진다. 끈질기게 계속되는 생명의 순환, 그것은 거대한 힘이다.

우이동에서 방학동으로 넘어가면 연산군묘 앞에도 큰 은행나무가 있다. 수령 800년에 높이 28m, 둘레 9.9m의 은

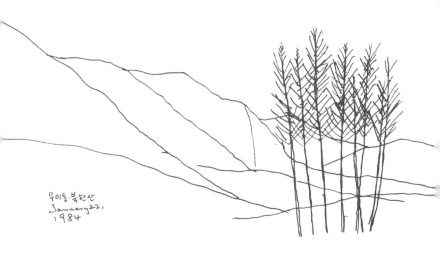

우이동·북한산
January 22,
1984

행나무. 11월 초순이면 벌써 잎이 다 떨어지고 주위의 파
밭에서 짙은 파 냄새가 은행나무를 감싸고돈다.

　은행나무 이야기를 조금 더 계속한다면 경기도 이천에
있는 은행나무도 빼놓을 수 없다. 이천 시내에서 서쪽으로
3㎞쯤에 설봉산이 있는데 이 산 동쪽 중턱에 신라 때 의상
대사가 창건했다는 절, 영월암이 있다. 초여름엔 아카시아
꽃이 향기롭다가 가을에는 노란 은행잎 세상이다. 한 그루
에서 두 갈래로 뻗은 것이 물기둥처럼 시원스럽게 하늘로
올라간다.

　하기야 전등사의 은행나무와 용문사의 은행나무도 잊을

수 없지만 봄과 여름에는 나타내지 않다가 가을에 그 모습을 드러내는 것을 보면 대단한 위력이요 경관이 아닐 수 없다.

나는 조병화 시인의 「낙엽끼리 산다」라는 시를 좋아한다. 어느 늦가을이고 북한산에 올라갈 때마다 나는 이 시를 실감한다. 물론 도심지에 있는 공원이나 조병화 시인이 잘 지나가는 혜화동 로터리의 가로수 밑에서도 그것을 실감할 수 있지만 더 훈훈함을 느끼게 하는 곳은 북한산성의 대동문에서 소귀천으로 내려오는 길이다.

참나무 잎, 도토리나무 잎에 단풍잎이 모인 곳에 오면 눕고 싶은 충동을 느낀다. 마치 가구점에서 젊은 부부가 새 침대를 만질 때의 기분처럼 말이다.

낙엽끼리 모인 곳 그곳은 고독끼리 모인 곳이다. 그러나 낙엽이 모이는 곳이라고 해서 반드시 쓸쓸한 곳만은 아니다. 낙엽도 맞대면 체온이 생기듯이 이 풍요로운 낙엽 속에는 가을에 떨어졌던 상수리와 도토리가 있고 그것이 다람쥐의 겨울 양식이 되는 거다. 그리고 다람쥐는 그 낙엽 속에서 한겨울을 따뜻하게 지낸다.

그렇지만 시인은 항상 쓸쓸한 쪽을 더 많이 노래한다. 레미 드 구르몽Remy de Gourmont의 「낙엽」은 더 처절하다.

시몬느, 나뭇잎이 져버린 숲으로 가자.

낙엽은 이끼와 돌과 오솔길을 덮고 있다.

시몬느, 너는 좋으냐 낙엽 밟는 소리가

낙엽은 너무나도 부드러운 빛깔,

너무나도 나지막한 목소리를 지니고 있다.

낙엽은 너무나도 연약한 표착물들의 대지 위에 흩어져 있다.

시몬느, 너는 좋으냐 낙엽 밟는 소리가

황혼이 질 무렵 낙엽의 모습은 너무나도 슬프다

바람이 휘몰아칠 때면, 낙엽은 정답게 소리친다.

시몬느, 너는 좋으냐 낙엽 밟는 소리가

발이 밟을 때 낙엽은 영혼처럼 운다.

낙엽은 날갯소리 여자의 옷자락 소리

시몬느, 너는 좋으냐 낙엽 밟는 소리가

가까이 오라, 우리도 언젠가는 가련한 낙엽이 되리라.

가까이 오라, 벌써 밤이 되었다 바람이 몸에 스민다.

시몬느, 너는 좋으냐 낙엽 밟는 소리가.

파리의 거리엔 굵직굵직한 플라타너스와 마로니에가 즐

비하게 서 있다. 구르몽의 「낙엽」은 역시 플라타너스 잎이나 마로니에 잎에서 맛이 날 것 같다.

'발이 밟을 때 낙엽은 영혼처럼' 우는 영혼의 목소리나 '낙엽은 날갯소리 여자의 옷자락 소리'에서 개선문 앞의 낙엽을 생각해본다. 벤치 밑으로 모여드는 낙엽 소리와 먹이를 찾아 내려왔다 다시 날아가는 비둘기의 날갯소리 그리고 긴 옷으로 가을을 쓸고 가는 여인의 옷자락 소리를 생각해본다.

그에 따른 쓸쓸한 시인의 독백……. '가까이 오라 우리도 언젠가는 가련한 낙엽이 되리라.' 어쩌면 낙엽 소리는 네가 나에게 불러주던 마지막 노래와 같은 것인지도 모른다.

마치 세상은 가을로 끝날 것만 같이 비발디의 '네 계절' 중에서 '가을'만 따내고 '코스모스' 한 송이를 들고 나서는 시인이나, 낙엽끼리 사는 고독에 자기 몸을 비비며 고독을 노래하는 시인이나, 비올롱의 흐느낌에 마음 아파하는 시인이나, 가을에 아파하는 사람이 어디 시인뿐이랴.

가을날

비올롱의

긴 흐느낌

단조로운 우수에

내 마음

아파오네

종소리 울리면

숨막혀와

창백해진 나는

지난날을

회상하며

눈물짓는다

그때 나는 간다

모진 바람에

휘말려

여기저기

흩어지는

낙엽과 같이

베를렌Paul Verlaine의 「가을 노래」에서도 눈물짓는 소리가 들린다. 사람은 혼자 살기 어려움을 알면서도 남보다 외롭게 지내려는 마음, 그것이 시를 낳는 것이라고 생각하며 낙엽이 모여든 나무 밑에 앉는다.

머리 위에 눈이 내린다. 모두 떨어진 나무에 혼자 매달려서 바람에 떠는 잎은 미리 떨어진 낙엽만 못하게 보인다.

이젠 살아 있는 생명의 가장 작은 한 조각으로밖에 보이지 않는 연약함, 겨울나무들은 조용하다. 영하 20도의 강추위를 만나고 보니 이 세상에 봄은 오지 않을 것 같다. 그런 절망을 어떻게 참고 있을까. 자꾸 스며드는 찬바람이 바늘 되어 내 가슴을 찌른다. 여름의 여치 매미는 어디로 갔을까. 그것들은 이 추위를 어디서 이겨내고 있을까.

산은 생명의 전시장
누가 무어라고 해도
살아 있는 생명은 살고 있다

어느 해인가 사람들은
영하 20도의 강추위에 놀라
4월에도 봄은 오지 않을 거라고

수군거렸는데

겨울은 잔인한 괴물이라고

망치로 두들기고

쇠뭉치로 치고

불을 지르고

가래침을 뱉고

어느 해인가 사람들은

괴물보다도 더 괴물이었는데

북한산 성곽 주변

눈 녹는 자리엔

파릇한 생명이 눈 뜨고 있었다

살아 있다고

살아 있으니 살아보자고

정직한 생명들끼리

눈뜨고 있었다

「정직한 생명」 전문
(『산에 오는 이유』, 1992)

주전자에서 물 끓는 소리가 생명의 소리처럼 활기차게 들린다. 생명은 깨끗하고 정직하다. 그것은 곤충이나 짐승에서보다 풀이나 나무에서 더 강하게 맺는다.

동숭동 어느 유리창이 넓은 다실에 앉아 지금은 한 잎도 매달리지 않은 은행나무를 본다. 그리고 그 나무의 봄을 나도 함께 기다린다.

편지를 써라

네게 편지를 쓸 사람은 지금 외출 중이다. 곧 편지 쓸 내용을 한 바구니 사 들고 올 거다.

너도 그 바구니를 채울 만한 편지를 곱게 쓰라. 답장을 기다릴 필요는 없다. 그저 쓰고 싶어서 쓰는 편지, 너는 그 것으로 아름답다.

여행 중에 생긴 일도 좋고 전시장에 걸린 그림 이야기도 좋다. 꽃 파는 아저씨의 이야기도 좋고 순대를 써는 아주머니의 이야기도 좋다.

이 세상이 다정하고 평화롭기를 바라는 마음 그것을 편지에 쓰라. 선전 책자와 세금 고지서, 경고문과 출두 명령

near Pusan
July 29 '75

서 그런 것들로 꽉 차 있는 우체통은 하루 종일 피곤하다.

너는 너의 필적으로 우체통을 찾고 나는 나의 필적으로 우체통을 찾자.

딱따구리의 시 낭송

시를 읽는다.

　숙명의 문서를 읽듯 시를 읽는다.

　송상욱*이 기타를 치며 노래하고 나는 그 소리에 맞춰 시를 읽는다.

　시 낭송은 이렇게 해야 한다는 법도 없고 그래서는 안 된다는 법도 없이 하나는 기타를 치고 하나는 시를 읽는다. 그것이 듣는 사람을 감동시켰다면 그것은 죽이 됐든 밥이 됐든 먹거리가 된 셈이다.

　어느 날 나는 대합실 의자에 앉아 자판기에서 뽑아온 커피를 마시고 있었다. 그때 축 늘어진 어깨에서 그의 얼굴을 내려놓듯 기타를 내려놓는 사람을 보았다. 그가 송상욱이다. 그는 시인이었다. 일찍이 아내를 잃고 아내 대신에 기타를 메고 떠도는 시인이었다.

　그로부터 사흘 동안 우리는 함께 떠돌았다. 사흘 동안 자리를 같이하며 그가 기타보다 더 슬픈 소리를 내는 사람이라는 것을 알고 나는 다음과 같은 시를 썼다.

나이 60에

기타를 메고 떠도는 시인, 송상욱

축 늘어진 어깨에서 그의 얼굴을 닮은 기타를

대합실 의자에 내려놓을 때까지도

나는 그를 모른다

누군가 그의 눈물을 달래기 위해

밤새워 떴을 털실 모자도

나는 모른다

어둑어둑한 섬섬 앞에 앉아

기타를 치며 저도 따라 우는 시인

'눈물 젖은 손수건'**

이번엔 내가 울었단다

그는 노래를 부르는 게 아니라

노래를 울리고 있단다

그날밤 섬섬에서 자던 새가 모두 울었단다

'눈물 젖은 손수건'

자꾸 모여드는 그의 눈물에

손수건이 되어줄 여자 하나 없을까

돌아가라고 떠밀어도 가지 않는

그런 여자 없을까

나이 60,

남자란 죽은 뒤에도 여자가 필요한 법인데

이젠 늦은 것일까

저 바보 같은 기타가 여자를 대신할 수 있을까

그의 눈물을 닦아줄

손수건 같은 여자 없을까

'눈물 젖은 손수건'

그런 여자 없을까

그리고 서귀포 섶섬 앞에서 〈서귀포 칠십리〉를 치며 노래 부르는 그의 옆에 가서 이 시를 읽을 테니 기타를 치라고 했다. 그것이 그 즉석에서 잘 맞아들어 둘이는 식당이고 커피숍이고 어디서나 노래와 시를 기타에 맞춰 울리게 됐다. 시만 읽는 것보다 기타에 싣고 가는 것이 더 감동적이었다.

제주 시내에 있는 갈칫국 식당에서 그는 기타에 노래를 부르고 나는 그에 맞춰 시를 읽었다. 아까 섶섬 앞에서 낭송할 때보다 더 손발이 잘 맞았다. 박수가 나왔다. 마지못해 치는 박수가 아니라 진짜 성의 있는 박수였다. 성공이었다.

저녁 식사 후 이번에는 제주 시내에서 가장 유명한 찻집

'엘 그레꼬'로 갔다. 2층으로 된 고급 커피 전문점인데 홀에는 영상 음악을 즐기러 온 젊은이들로 가득 차 있었다. 그들이 낭송해달라는 것도 아닌데, 아니 그들에게 낭송이란 엉뚱한 짓이었다. 그런데도 불쑥 송상욱은 기타를 치며 〈눈물 젖은 손수건〉을 불렀고 나는 시를 읽었다.

내가 소리 높여 읽으면 그는 자기 음성을 낮췄고 내가 낭송을 낮추면 그가 소리를 높이며 멋있게 낭송을 도왔다.

불과 7, 8분 동안의 연주와 낭송이었지만 청중은 쥐 죽은 듯이 우리 분위기에 젖고 말았다. 갈칫국 식당에서보다 더 자연스럽고 처량하게 진행됐다. 낭송은 끝이 나고 기타는 잠시 이어졌다. 박수가 나왔다. 해프닝치고는 걸작이었다.

나는 어디에서 이런 힘이 생겼는지 모르겠다. 시가 뭔데 이렇게 생전 다뤄보지 않은 미친 짓(?)이 이어져 나오는지 몰랐다. 창피하지 않았다. 나는 배우처럼 사람들의 시선을 받았고 송 시인은 광대처럼 콧잔등이가 벌겋게 달아오르며 커피숍을 나왔다. 그리고 우리는 공항에서 헤어졌다.

그로부터 3주일이 지나 '강남골 시 낭송회'에서의 시 낭송은 서울에서의 첫 공연, 나는 여기서 공연이란 말을 쓴다, 그날 밤 관중들이 정식으로 박수를 쳤기 때문에 그렇게 말한다.

그곳 사람들은 송 시인이 강남골 시 낭송회 회원인데도 그가 그런 사람인 줄 몰랐다는 듯이 새삼스럽게 그를 확인하고 있었다. 허름한 털실 모자에 낡은 등산복 차림의 송상욱, 나도 송 시인을 처음 만났을 때의 옷차림, 푸른 등산모에 낡은 등산복 그대로였다.

이번에는 '우이동 시인들'의 우이시牛耳詩 낭송 105회째에서 마지막 순서로 무대에 올랐다.

우리는 처음 만났을 때의 감정을 그대로 살리기 위해 약간의 소도구를 준비했다. 배낭에 막걸리 한 병과 두 개의 질그릇 술잔 그리고 안주. 송 시인은 먼저 무대에 올라가

Smig Sanpo
日出峰 '75

기타를 치며 〈눈물 젖은 손수건〉을 부르고 나는 그 노래가 끝날 무렵에 송 시인 옆으로 가서 막걸리를 권했다. 그리고 나도 한 잔 달게 마시고 다음 잔은 관중석에 앉아 있는 시인에게 돌렸다.

술 마시는 분위기가 자연스러워서 격식에 맞춰 하던 시 낭송이 아니라 오히려 서투르게 꾸민 장난 연극 같았지만 그런대로 관중들은 좋아하는 눈치였다. 송상욱은 기타를 치고 나는 술 마신 입을 닦았다. 아무도 그게 무슨 짓이냐고 나무라는 사람이 없었다. 이런 때 '집어쳐라' 하고 누구 하나라도 소리치면 나는 새파랗게 질려 쥐구멍을 찾았을 것이다.

그러나 무대는 자유스럽고 관중은 맘대로 해라 하는 호기심으로 가득 차 있었다. 그 때문에 내 마음대로 해도 괜찮겠다는 자신감이 나뭇가지에 물오르듯 했다. 다음엔 무슨 해프닝이 일어날지 그걸 예상하지 못하며 우리 눈치를 살피는 관중의 얼굴이 떠올랐다.

아직 시 읽겠다는 말을 하지 않았다. 다만 송 시인의 얼굴 모습이 기타 모양 같다는 말을 해서 웃겼다. 그때 송 시인도 기타처럼 웃었다. 나는 그의 얼굴 어깨 그리고 팔다리 그 움직임이 그대로 시라고 말했다. 그들도 그렇게 느꼈다는 듯이 머리를 끄덕였다.

송 시인은 그의 노래를 기타에 맡기듯 자기에 대한 이야기를 내게 맡겼다. 그러고 나서 나는 송 시인의 혼신을 대변하듯 시를 읽었다. 청중들이 좋아했다. 기타에 맞춰 손뼉을 치기 시작했다.

분위기가 고조되자 짧게 끝나는 것이 아쉬워서 나는 마지막 절을 반복해서 낭송했다.

나이 60

남자란 죽은 뒤에도 여자가 필요한 법인데

이젠 늦은 것일까

저 바보 같은 기타가 여자를 대신할 수 있을까

손수건 같은 여자 없을까

'눈물 젖은 손수건'

그런 여자 없을까

그런 여자 없을까

박수가 터져 나왔다. 왠지 멋쩍다는 생각이 들었다. 그

순간 나는 딱따구리를 연상했다. 이 나무 저 나무 날아다니며 벌레가 들어 있을 듯한 나무를 두드리는 딱따구리. 먹이를 찾아낸 기쁨도 기쁨이지만 먹이를 찾을 때 두드린 통나무 소리, 그것이 아름다워서 기뻤다.

그것은 가난한 시인들을 살게 하는 매력인지도 모른다. 관중이 없고 박수가 없어도 이런 식으로 시를 읽어야 하는 시인의 사명 같은 것을 체험했다.

나와 송 시인은 그렇게 떠돌기로 했다. 그런 사업에 늘 동참할 수 없다 하더라도 마음만은 그런 식으로 시를 대해야 하겠다는 생각이 들었다. 송 시인의 얼굴이 기타를 닮듯 나도 시를 닮은 얼굴을 갖고 싶다.

- 송상욱(宋相煜) : 1939년생. 시집 『망각의 바람』, 『영혼 속의 새』, 『승천하는 죄』, 『하늘 뒤의 사람들』 등이 있음. 한국현대시인상 수상.
- •• '눈물 젖은 손수건' : 송상욱 시인이 기타를 치며 부르던 노래 중에서.

장자도
1991. Saimg

169

5 고독이 주는 선물

무인도를 위하여

나는 섬에 대한 욕심이 많다. 섬을 가지고 싶은 욕심이 아니라 섬에 가고 싶은 욕심, 방금 섬에서 돌아왔는데 또 섬에 가고 싶은 욕심.

발 한번 잘못 디디면 수십 척 벼랑으로 떨어지는 그런 위험한 곳인데도 멀리서 보면 평화스럽기만 한 그런 한 폭의 그림. 갈매기가 날아가고 그물을 끌어 올리는 고깃배의 움직임은 아름다운 삶의 풍경화다.

가의도에서 정족도로, 정족도에서 다시 가의도로 돌아올 때 손짓하는 것은 숲 속에 우뚝 솟은 흰 등대, 그 유혹에 못 이겨 옹도*로 간다. 옹도는 우리나라 유인도 중 가장 작은

면적에 가장 적은 인구가 사는 섬이다. 0.17km² 면적에 세 사람. 1907년에 세워진 등대는 100년 동안 많은 선박과 뱃사람들의 고독을 달래줬다. 그러나 머지않아 이 섬에서 등대 관리원이 철수하게 되면 이 섬도 사람이 살지 않는 무인도가 된다.

나는 이런 생각을 했다. 등대를 좋아하는 시인이 와서 봉사해주었으면 하는 생각. 시인의 수련장으로 이만한 데가 없다. 인원은 둘로 하고 기간은 단기와 장기. 단기는 한 달, 장기는 1년. 한 번 들어오면 일정 기간 나가지 않기. 시인이 왜 그런 짓을 해야 하나 하는 사람도 있겠지만 그 기분은 옹도에 와봐야 안다. 물론 하기 싫으면 그만이다. 이것은 내 꿈이지 모든 시인의 꿈은 아니니까. 그러나 외딴섬에서 등대를 지키며 고독과 싸우는 일이 시인에게 해로울 리 없다.

옹도는 등대만을 위한 섬이다. 동백나무숲에 쌓아 올린 가파른 계단을 딛고 올라오면 시원한 바람이 사람을 맞는다. 여기서는 고독도 시원하다. 시원한 고독은 생산적이다. 하늘에서 내려온 듯한 등대는 근엄하다. 그리고 말이 없다. 고독도 말이 없다. 지금 등대는 저무는 햇살에 눈이 부시다. 등대 밑에 잔디가 이불처럼 깔려 있다. 긴 의자에는 앉을 사람이 없어 외롭게 보인다. 자꾸 헛디딜 것 같은 발을 조심하며 걸어가는 내가 돌처럼 굴러갈 것 같아 아찔해진다. 바다지빠귀가 찾아와 의자에 앉았다 날아간다. 새도 고독을 탄다.

• 옹도(瓮島) : 충청남도 태안군 근흥면 가의도리에 있는 섬.

고독이 주는 선물

오늘 교대하러 오는 등대 관리원은 정년이 가까워진 등대 관리원이다. 동부인해서 왔으니 덜 심심하겠다. 휴가를 얻어 대전으로 내려가는 50대 후반의 등대 관리원은 지붕에서 받은 물로 깨끗이 세탁한 옷을 입고 맨손으로 계단을 내려가 대기하고 있는 배를 탄다. 배는 한 달에 한 번씩 찾아오는 보급선이다. 그 뒷모습을 보고 새들이 우짖는다. 잘 다녀오라는 말이다. 집에서 아이들은 오랜만에 돌아오는 아버지를 반가워하겠지. 그러나 이 작은 섬에는 선물로 가지고 갈 만한 것이 없다. 가다가 태안이나 대전 터미널에서 선물로 무엇을 고를지 모르겠다.

등대 관리원의 귀가는 등대 밑에 있을 때보다 쓸쓸하다. 사무실 한구석에 잘 정리된 책장에는 책이 가득하다. 등대 관리원이 외로울 거라고 보내준 책이다. 책에 손때가 묻은 것을 보니 그 책으로 외로움을 많이 달랬을 것 같다. 나비가 날아와 꽃밭으로 간다. 동백숲 사이로 내다보이는 깊은 바다가 저 아래에서 딴살림을 차리고 있다. 수평선이 뭍에 사는 가족보다 가깝다. 웬만하면 이런 데서 시를 쓰는 등대 관리원이 생길 만도 한데 아직 그런 소리를 듣지 못했다. 만일 그런 시인을 만나면 독한 술로 밤을 새워도 좋겠다. 이런 섬에는 그런 자생 시인이 있을 만도 한데.

"혹시 시를 쓰시나요?"

"……?"

실례될까 봐 묻지 않았다.

"시를 읽으시나요?" 하고 물으면 상대방을 무시하는 것 같고, 그래서 대화에서 '시'라는 말을 빼버린다. 그러다 보면 정말 어울리지 않는 소리가 오간다. "조용하네요."라든가 "공기가 맑네요."라든가 "등대 관리원이 된 지 얼마나 됩니까?" 이런 말은 평생 등대에 몸담은 사람에게는 경솔한 물음이다. 그저 등대 밑에서는 입을 다물고 침묵으로 말을 건네는 것이 예의다. 옹도엔 육지나 다른 섬으로 건너갈

배가 없다. 보급선이 왔다가 돌아가면 그뿐, 일정한 기간 아무 배도 찾아오지 않는다. 바닷물이 밀려와 바윗돌을 때릴 뿐이다.

늙은 등대 관리원 부인의 손에 고추장 단지와 배추가 무겁게 들려 있다. 둘은 한동안 조용한 시간을 보내겠다. 그들 부부의 대화는 무엇이 될까? 5분이면 끝이 나는 행보, 남자는 부인보고 늘 '발 조심' 하라 할 것이고, 부인은 자식들 걱정에 잠 못 이룰 것이다. 기계실에서 무슨 신호가 중얼거리다 꺼지고, 꺼졌다 다시 중얼거린다. 그러고는 모두 닫힌다. 등대 철문이 닫히고, 사무실 문이 닫히고, 살림 문이 닫히고, 결국 사람의 입도 닫힌다.

너,

새,

그놈이지

정족도 바위 끝에 앉았던 그놈

내가 보기엔 똑같으니

그놈이 따라왔다고 할 수밖에

네가 따라온 이유는?

새의 자격이 아니라

그 애의 자격이라고

그 애라니?

오, 그래!

나도 짐작은 했다만

너는 말을 잃었구나

어디서

어쩌다 그렇게 됐니? 날 만나고 싶어 새가 되었다고?

나도 널 만나고 싶어 새가 되었는데

이런 데 있으면 쓸쓸하지 않니?

영혼이란 본래 쓸쓸한 것이라고?

너는 살았을 때처럼 영리하구나

「옹도」 부분
(『걸어다니는 물고기』, 2000)

    외딴섬에 날아든 새를 보고 이런 대화를 나눌 수 있는 것은 시인의 자유요 행복이다. 이는 고독이 주는 선물이다. 사람인 내가 사람을 무시하는 것은 안됐지만, 사람이 사람을 속이고 더러운 행동으로 얼룩진 사람보다 이 새가 몇 배 낫다. 정말 잃어버린 그 애가 찾아온 것이나 다름없다. 아쉬운 것은 사람이 새로 변해서 왔다는 아쉬움, 그러나 그 이야기를 놓치지 않고 시로 옮겨 쓴다. 녹음기를 대고 새소리를 도둑질하는 것과는 아주 다른 방법으로 시인에겐 관찰하면서 그려내는 특수 장치가 있다. 그것은 팔 수도 없고 살 수도 없는 시인만의 특허품이다.

섬에서 사는 새는 나에게 서술적이다. 그래서 시인은 외딴섬에서 사랑하는 이를 만난 것처럼 이야기하며 시를 쓴다. 이 섬이 생산적이란 점은 그런 점이다. 파도가, 석양이, 동백숲이 그리고 바다지빠귀가 멋있다. 그 여운으로 계단을 내려가 바다 가까이, 아주 가까이에서 다른 깊이를 만난다. 배를 기다리지 않고 그 물 위를 잔디밭인 양 걸어간다.

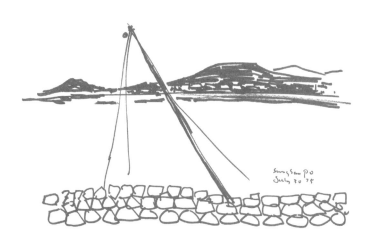

옹도에서 아직은 사람 소리가 나지만, 무인 등대로 변하면 아무리 말 못 하는 등대라도 새 우는 소리에 저도 울먹일 것이다. 등대가 불쌍하다. 그때 누가 찾아올까. 울릉도 태하에서 만났던 등대지기가 생각난다.

어떻게 30년을 이 절벽에서만 살았습니까
어떻게 이 절벽에 새긴 문자처럼 꼼짝 않고 있었습니까
당신은 철저한 철인哲人 같네요
당신은 별을 좋아하십니까 했더니
별처럼 쓸쓸해진다
하지만 휴가철에는 어떻게 등대 혼자 두고
뭍으로 나가느냐 했더니
소처럼 웃으며
"어린 자식 혼자 두고 가는 것 같아서 이내 돌아오지요"
한다

「등대 이야기 · 32」
(『외로운 사람이 등대를 찾는다』, 1999)

떠나고 싶지 않은 섬

"내 나이 칠십, 평생 마셔 온 술을 끊으라니 그게 끊어지느
냐. 술 가져와 술, 죽은 뒤에 젯상에 붓지 말고 살았을 때
부어라."

비진도 김 노인의 술타령이다.

밤은 깊어서 하늘엔 별이 창끝처럼 날카롭고 바닷바람
은 싸늘하니 파도를 몰고 대문 앞까지 달려온다. 화장실을
찾아가다가 외양간을 들여다보았다. 희미한 전등불 밑에서
암소 한 마리가 새김질을 하고 있다. 밤 열두 시, 그때까지
나는 민박집 주인과 술상을 마주하고 섬 이야기를 들었다.

어느 날 나물 캐던 여인이 비를 피해 바위 밑에 들어갔다가 은복주깨(주발 뚜껑)를 주워 집으로 가지고 들어가자마자 천둥 번개에 놀라 다시 그 자리에 은복주깨를 갖다 놓고서야 무사했다는 이야기, 옛날 조정에서 수달피 가죽을 바치라 해서 눈 감고 문어 다리를 뜯고 있는 수달피를 동백나무 가지로 때려잡았다는 이야기며, 숲이 깊어 멧돼지와 꿩이 떼 지어 다녔다는 이야기까지 밤을 새워가며 들었다.

비진도는 경상남도 충무반도 남쪽에 있는 섬이다. 넓이 3.45km², 보배에 비할 만큼 아름답다는 섬. 그러기에 이곳 사람들은 미인도라고까지 부르는 섬이다. 600m쯤 되는 백사장이 솔밭에 둘러싸여 여름에는 시원한 그늘이 된다. 700여 명이 사는 구슬 옥玉 자 모양의 섬이다.

소나무 밑에 서서 바라다보면 오른쪽에서부터 춘복도, 범여, 삿갓섬과 납작섬이 평화롭게 떠 있고 내항과 외항이

손을 잡듯 이어져 간다. 산비탈에는 동백나무와 팔손이 자생하고 있으며 3월이면 춘란 향기가 소나무 사이를 맴돌고 산허리엔 보리풀과 마늘잎이 바닷물을 더욱 진하게 물들인다. 어느 흉년이고 칡뿌리로 이겨냈다는 강인한 삶의 의지, 그것은 산수의 기세 때문에 지금도 장수 마을을 이루고 있다는 자랑이다. 산꼭대기에서 흐르는 물을 마셔보라 한다. 우리나라 섬 중에서 물 좋기로는 울릉도를 꼽는데 그것을 알고 하는 말인지 모르겠다.

구슬 옥 자 모양의 섬, 구슬로 박힌 까치여(바위섬)를 돌아서 오는 내 발목을 잡고 놓지 않는 맑은 파도자락, 다정한 여자의 치맛자락 같아서 이 섬을 떠나기가 싫어진다. 아쉬움은 그것만이 아니다. 정성껏 차려 놓은 저녁상, 그것도 마음이 차지 않아 아들이 보내준 감태를 북북 찢어서 밥상에 올려놓는다. 그 점이 비진도를 더 아름답게 한다.

죽도, 장사도, 가오도, 소대병도, 대대병도…… 이렇게 섬끼리 모여 화평을 누리는 비진도. 억센 비바람에 시달릴 땐 금방이라도 뭍으로 가고 싶지만 바람이 자고 동쪽에 해가 뜨면 더없이 행복한 곳이 된다. 간단한 화구畫具나 책 몇 권 싸 들고 들어가 여러 날을 파도 소리와 함께하고 싶은 아름다운 섬이다.

아내에게 써준 비문

무덤은 조용하다. 한 개의 무덤이 있을 때도 그렇고 백 개의 무덤이 있을 때도 그렇다. 살아서는 말을 많이 하던 사람도 죽어서는 한 마디 하지 않고 누워 있다. 그러고 보면 무덤이란 사람의 무덤인 동시에 언어의 무덤이기도 하다.

흰 옷차림의 여인이 무덤 앞에서 울고 간다. 땅을 치며 울던 소리가 구름처럼 사라지면 그뿐, 죽은 자는 그 여인의 통곡에 아무 대답도 하지 못한다. 한여름의 공간을 여치가 차지할 뿐이다.

나는 잘 손질해놓은 어느 공원묘지에 와 있다. 비문을 한두 개 읽어나가다가 이제는 서너 시간을 계속해서 읽는다.

　비문은 살아남은 사람이 쓴 것이지만 죽은 자와 통하고, 죽은 자를 조금이라도 이해할 수 있는 글이기에 호기심이 간다.

　무덤은 크고 작고 가지가지이지만 비석은 더 여러 가지다. 바위만 한 비석이 있는가 하면 조그마한 비석도 있다. 어떤 비석은 이름난 시인의 글을 얻어 지나친 수식어로 세운 비석도 있고 어떤 것은 유명한 서예가의 글씨를 새겨놓은 비문도 있다.

　어떤 비석에는 관직에 있었던 화려한 벼슬을 빽빽하게 써넣은 것도 있고 어떤 것은 후일에 아내가 죽으면 아내의 이름을 써넣으려고 남겨둔 자리가 세월이 꽤 지났는데도 세워지지 않은 것도 있다.

대부분의 비석엔 이름 석 자에 죽은 날짜를 기입한 것이 고작인데 그 많은 비석 중에 내 마음을 끄는 비문이 하나 있었다. 그것은 이렇게 쓰여 있는 비문이었다.

가난한 살림을 이끌어가느라고 고생도 많았소. 이제는 미희, 미성이, 다 컸고 나도 당신의 고생을 알 만할 때, 당신이 떠나버리니 슬프기 한이 없소. 이곳에서 다하지 못한 사랑, 그곳에서 다하리다. 부디 그곳에서 기다리시오.

一九七八년 五월 九일 미희 미성 아빠

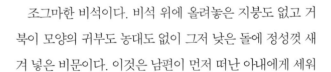

조그마한 비석이다. 비석 위에 올려놓은 지붕도 없고 거북이 모양의 귀부도 농대도 없이 그저 낮은 돌에 정성껏 새겨 넣은 비문이다. 이것은 남편이 먼저 떠난 아내에게 세워준 비석이다. 자기 손으로 쓴 글과 글씨가 그의 아내의 심장에 더 가깝게 닿는 듯했다. 지하에 있는 아내가 꼭 듣고 있을 것만 같은 비문이다.

굵직한 글씨로 화려한 경력을 써넣은 비석도 죽은 이를 위한 최대의 성의겠지만 죽음과 삶을 솔직하게 왕래할 수 있는 말 그것은 사랑하는 이가 사랑하는 이에게 하는 말 이외에 무슨 말이 있겠는가.

무덤가의 풀밭에서 여치가 운다. 내가 떠나고 이 무덤에서 다시는 비문을 읽는 사람이 없을 때, 무덤은 더 조용해진다. 이 고요를 틈타 무덤 밖으로 나와 자기 비문을 읽을 자는 없는가. 비문이 없는 무덤은 더욱 조용하다.

겨울에 피는 꽃

이 세상에 꽃을 싫어하는 사람이 어디 있으랴만 혼자만 꽃을 좋아하는 양 천방지축 돌아다니는 것을 보고 속으로 웃지 않을 수 없다.

아침 출근길에도 꽃이 없는 우체국 앞을 지나지 않고 차량의 왕래가 심한 길을 건너서 꽃집 앞으로 가고, 퇴근길에는 꽃 때문에 집 앞에서 내리지 않고 두서너 정류장을 지나서 내리는 일도 있다.

이른 봄부터 비닐봉지에 담긴 꽃을 사다가 화분에 심는 재미도 재미지만 그보다도 꽃집에 진열된 꽃을 더 많이 보고 싶어서 꽃집에 들르는 수가 많다.

지난 초겨울에는 시클라멘을 샀다. 창밖에는 눈이 펄펄 날리는데 유리창 안에는 빨간 시클라멘이 어찌나 예뻐 보이는지 몰랐다. 돈 아까운 줄 모르고 사다가 가장 따뜻하고 햇볕이 많이 쪼이는 자리에 놓고 아침저녁으로 들여다보았다.

물론 여름 한 철의 연분홍 글라디올러스나 빨간 장미만은 못하지만 한 해의 마지막 꽃인 샐비어나 국화가 시들어버리면 꽃을 보고 싶은 사람들에게는 적지 않게 아쉬운 것인데, 아무리 춥고 눈이 쌓이는 겨울에도 구김살 하나 없이 꼿꼿한 자세로 피어 있는 것을 보면 얼마나 흐뭇한지 모른다.

꽃은 향기가 좋아야 한다는데 이 꽃에는 불행하게도 향기가 없다. 언뜻 보기에는 차가운 겨울에 흰 눈과 빨간 꽃잎이 대조적이어서 한눈에 반해버리는데 뜯어보면 못생긴 꽃이다.

차라리 봉오리 졌을 때가 더 예뻐 보인다. 필 둥 말 둥 하거나 모두 봉오리로 겨울을 지내줬으면 하리만큼 못생긴 꽃이다. 꽃잎은 하나하나 벌어질수록 날갯죽지처럼 추켜올라가고 꽃이 시들어 없어질 때까지 한 번도 머리를 드는 일이 없다.

대개의 꽃은 보는 사람과 꽃이 서로 마주 보게 되어서 꽃잎 속에 담긴 암술이나 수술을 한눈에 보게 되는데 이 수줍은 꽃의 얼굴을 보려면 내 얼굴이 꽃 밑으로 내려가야 한다. 마치 바짓가랑이를 보려는 듯이 몸을 움츠려야 한다.

그뿐 아니다. 꽃 피는 과정에도 이상이 있다. 보통 꽃들은 봉오리에서 꽃잎이 다섯이면 다섯, 여섯이면 여섯 모두 한꺼번에 열리거나 아니면 차례차례로 열리는 법인데 시클라멘은 그렇지 않다. 네 개의 꽃잎은 다 피어서 나비 날개처럼 올라가 있는데도 하나만은 영 고집을 부리고 축 늘어져 있다.

그러나 이 꽃의 매력은 그런 데에 있는지도 모른다. 둥근 심장형의 두툼한 잎에 솟은 은빛 엽맥이며 굵은 꽃받침에 매달려 꽃은 앞을 내려다보고 잎은 꽃을 올려다보며 꽃으로 살아 있는 것만을 만족히 여기고 있는 아름다움은 부럽기까지 하다.

이 꽃에 얽힌 이야기는 이러하다. 봄 선녀 가운데 가장 예쁜 선녀의 이름이 시클라멘인데 노래도 잘 부르고 성격도 쾌활해서 신의 귀여움을 받았다. 그래서 신은 이 선녀에게 꽃소식을 전하는 쉬운 일만을 시켰다. 흙에서 새로 돋아나는 꽃에게 가서 신의 명령을 전하는 일이었다.

꽃들도 반가운 소식만을 전해주기 때문에 시클라멘을 좋아했다. 그러나 시클라멘에게는 말 못할 괴로움이 있었다. 그것은 사랑하는 젊은 양치기가 자기를 멀리하는 것을 눈치챈 때부터였다.

　어느 날 시클라멘은 울면서 양치기에게 그 이유를 물었더니 양들의 먹이를 찾아다니느라고 멀리했다는 것이다. 그 이유만이라면 사랑을 계속하는데 어려운 일이 아니었다. 그녀는 신의 명령도 듣지 않고 제 마음대로 들에 꽃을 피게 했다. 그러나 양치기는 양들 때문이 아니라 냇물의 여신과 숲 속에서 놀기 위한 변명이었다.

　시클라멘은 사랑하는 사람에게 배반당한 것이다. 억울하고 분한 데다 신의 노여움까지 사게 되어 고민하던 나머지 점점 여위어 보기 딱해졌다. 다른 선녀들은 그녀의 설움과 괴로움을 잊게 하려고 날개옷을 벗어버리라고 했다. 그것이 떨어진 자리에서 핀 꽃이 시클라멘이란다.

庄文島
등대 오르는 길 에서
만나는 樹木

July 27, 1979

외로움을 달래러 섬으로 간다

초가을 오후 4시, 가의도로 가는 객선을 신진도항에서 기다리다가 건장한 체구의 60대 신사를 만나 말을 걸었다. 아니, 그가 먼저 건 것 같다.

그는 가의도에서 사는데 그곳에서 교사 노릇을 하고 17년이 지난 후 인천으로 가서 인천에서 교장으로 퇴임했다고 했다. 그리고 고향에 돌아와 지낸다고. 성은 주朱이고 이름은 만성萬成이라 했다. 그러면 '서울민박집' 주영복 노인을 알겠네 했더니 그는 친척 어른이라며 그분은 재작년에 돌아가셨다고 했다. 내가 그 집을 찾아가는데 세상 떠났군요 하고. 그럼 할머니는? 아직 살아 계시다 한다. 지금도

민박을 하고 있다고 했으며, 그 할머니도 남편과 갑장이어서 지금 82세라 했다.

가의도에 도착하자 주만성 씨와 헤어지고 나는 서울민박으로 들어갔다. 할머니는 나를 알아보지 못하다가 한참 지난 후 손뼉을 치며 "맞아, 맞아." 하고 내 손을 잡았다. "그때 '서울민박'이라고 이름을 지어주신 분이시군." 하며 반겼다. 그 이름으로 손님이 꽤 늘어서 집도 수리하고 가구도 새로 장만했는데, 올해는 기름 유출 때문에 한 푼 건지지 못했다고 하소연한다. 그리고 할아버지가 계셨으면 얼마나 반가워하실까 하고 아쉬워한다.

나는 전에 묵었던 방으로 들어갔다. 내가 처음에 왔을 때는 천장에서 쥐가 요동쳤는데 지금은 천장에 쥐가 들어갈 수 없게 수리해 놨다. 자다가 일어나 보면 바퀴벌레가 물컵에 들어가고 야단이었는데, 지금은 그런 틈이 나지 않게 고쳐 놨다. 그리고 비 오는 날 화장실로 가려면 우산을 받쳐 들고 뒷간까지 달려가야 했지만, 지금은 집 안에 화장실이 있어서 편리해졌다.

내가 가의도에 들르고 싶어 하는 것은 이 나이(80)에도 아버지가 그리워서 그런다. 신진도는 아버지가 일제 말 징용을 피해 숨었던 섬이다. 그 섬에서 장티푸스를 만났고 그로 인해 한 달 후 세상을 떠나셨다. 중3 때, 그때부터 운명은 나를 서럽게 키운 것이다. 그 씨앗은 가난에서 자라 외로움의 바다를 헤쳐 나왔다. 그 외로움을 달래러 섬으로 간다는 것은 다분히 역설이다. 그러나 그것을 탓하지 마라. 그저 신진도를 건너 가의도로 가는 다리 위에서 바다를 보고 싶다는 여린 마음, 그 여린 마음은 어머니의 마음과 같다.

to Light House →

July 26, 1979

바다에서 건져낸 시

세상에 태어나 가장 행복한 때가 언제냐고 물으면 하고 싶은 일을 하고 있을 때라고 하겠다.

낚시질하고 싶은 사람은 낚시질할 때가 행복하고, 산에 오르고 싶은 사람은 산에 오를 때가 행복하다. 나는 바다와 섬을 좋아했으니 바다와 섬으로 돌아다닐 때 그때가 제일 행복했다.

그러면 그 행복을 머물러 있게 하는 것은 무엇인가? 기록이다. 그림, 글, 사진은 그때를 있게 하는 기록이다. 기록을 하지 않으면 살아가면서 얻은 일들이 기억력이 사라질 때 사라지고 만다. 사람은 배워가며 살아야 하기 때문에 그

경험과 흔적을 기록으로 남겨야 또 다른 사람이 그 기록을 이용하게 된다. 손과 발이 부지런한 사람은 인생을 성공으로 이끌 수 있다. 기록은 손과 발의 몫이다.

우리나라는 삼면이 바다다. 그리고 우리나라 영토의 사극四極 중 삼극은 섬으로 되어 있다.

극동은 독도(경상북도 울릉군 울릉읍)
극서는 마안도(평안북도 용천군 신도면)
극남은 마라도(제주특별자치도 서귀포시 대정읍) : 이어도
극북은 풍서동(함경북도 온성군 남양면)

삼면이 바다요 삼극이 섬인 나라에 태어나 바다를 좋아하고 섬을 찾아다니며 시를 썼다는 것은 시인으로서 당연한 일을 한 셈이다.

그러면 내가 처음 바다를 봤을 때 어떤 기분이었을까. 처음 섬을 봤을 때 어떤 생각을 했으며, 멀다고만 여겼던 등대를 가까이에서 손으로 만져봤을 때 어떤 느낌이었을까. 이것이 나와 문학을 이어준 교량이요, 이것이 바다와 섬에서 시를 쓰게 한 동기이다.

바다와 섬과 시 쓰는 사람

어렸을 때 우리 집에서 바다까지는 10리 길이었다. 나는 고무신을 들고 바다를 향해서 걸어갔다. 그리고 하루 종일 갯벌에서 망둥이랑 놀았다. 정말 즐거웠다. 그 후 평생을 바다가 좋아 바다와 섬으로 뛰어다녔다. 그로 인해 섬에 대한 애착이 강해졌다.

그런데 어렸을 때의 바다가 그대로 남아 있는 곳이 별로 없다. 섬마다 여객선이 들어오고 배가 대형화되고 속도가 빨라지고 섬마을에 전기가 들어오고 집집마다 TV에 냉장고에 세탁기가 들어오고 사람마다 손에 핸드폰이 쥐어지고 바닷가엔 별장과 펜션이 들어서고 반라半裸에 검은 안경을 이마에 얹은 연인들의 등장과 쾌속정에 요트의 등장. 그리고 섬은 섬끼리 다리로 이어져 수많은 차량이 꼬리를 물고 섬으로 들어온다.

앞으로 10년 20년 후의 바다와 섬은 어떤 모습일까? 따라서 시의 모습은 어떻게 될까? 시인은 가진 것이 시밖에 없다. 그래서 시인은 시를 가지고 바다를 지키는 수밖에 없다. 아름다운 바다가 아름다운 삶을 낳기 때문에 시인은 아름다운 마음으로 바다를 지켜야 한다.

삼면이 바다요 나라의 삼극이 섬이라는 것을 알면 우리나라를 알게 된다. 독도가 보이고 마라도가 보이고 마안도가 보이는 사람의 눈에 아름다운 조국이 보인다는 것을 잊어서는 안 된다. 우리는 바다가 있어 바다가 없는 사람들보다 행복하다는 것도 잊어서는 안 된다.

무엇이 되어 살까

2월은 왜 가다가 마는가. 정월은 소원도 많고 축복도 많았는데 2월은 왜 키 하나 제대로 크지 못하는가. 3월은 초하루부터 지축이 흔들릴 듯한 고함인데 2월은 왜 함성 하나 없는가.

고층빌딩 틈새에 끼어 땅속으로만 기어드는 연탄 구멍가게 같은 그런 2월, 이 잘린 2월을 어떻게 살아야 2월의 꽃은 되살아나는 것일까.

시가 있어 가난하지 않다는 당신을 생각할 때 내 마음은 든든합니다. 그리고 시라는 방부제로 나도 쉽게 썩지 않으려 합니다.

— 어느 연하장에서

썩지 않는다는 일 그게 무엇인가. 나뭇잎이 썩어 거름이 되고, 콩이 썩어 간장이 되고, 죽은 몸이 썩어 흙이 되는데 왜 산 사람만은 썩지 말라 하는가. 살아서 마음이 썩고, 살아서 생각이 썩고, 살아서 행실이 썩으면 어떻게 되는가.

맛있는 음식이 썩지 않고 오래가도록 방부제를 넣어 큰 이득을 본 사람이 있다. 썩는 것을 막기 위해 방부제를 만든 사람은 참 고마운 사람이다. 그런데 그 방부제를 식품에 너무 많이 넣어 깨끗한 위장을 썩게 한 사람은 왜 그랬을까.

그러고 보니 시도 방부제가 들어 있는 시는 싫어진다. 너는 내 시에 방부제를 넣어 오래오래 간직하려 하지 말라.

2월엔 어떻게 살까. 어떻게 살아야 이 짧은 달에도 썩지 않고 살 수 있을까. 산에 오를까. 산에 가서 청청한 솔을 보며 독야청청할까. 그러면 남들이 비웃겠지.

아니면 갯가로 내려가 세상 문 다 열어놓듯 굴 껍데기를

열어가며 2월을 살까. 아니면 겨울밤 꽃집에 들러 환한 등불 밑에서 기억과 욕망으로 가득 차오르는 히아신스의 열기를 바라볼까. 그것도 아니면 사기와 의혹에 쫓겨 머리 숙인 시클라멘의 우수를 읽을까.

해마다 연말연시면 TV에 나와 좋은 말 다 하는 덕망 있는 이들의 그 덕망대로 이 짧은 2월을 살까. 왜 보이는 것 때문에 보이지 않는 것을 놓치지 말라 하는가. 왜 만져지는 것 때문에 만져지지 않는 것을 잃지 말라 하는가.

그들은 방방곡곡으로 울려 퍼지는 제야의 종소리에 귀를 기울이며 새처럼 맑고 대나무처럼 꼿꼿한 자세로 말했는데 그 소리가 2월까지 오지 못하고 어디에서 사라진 것일까.

마음이 썩지 않기 위하여 시를 읽는다는 네 말은 시 쓰는 사람의 마음을 한없이 부끄럽게 하는구나. 왜 아름다운 시를 쓰겠다는 마음이 한없이 부끄러워지는가. 그것은 시 쓰는 사람의 마음도 썩을 염려가 있기 때문이다. 아니 지금 막 썩고 있는지도 모른다.

시 쓰는 사람은 늘 꽃 같은 마음으로 꽃 같은 이웃들과 꽃같이 살고 싶은 생각이었는데, 그 생각이 잘 맞아들지 않는 것도 괴롭지만 시를 지키는 일만도 여간 힘든 일이 아니다. 그래서 시를 가까이하면 할수록 외롭고 서글퍼진다.

이젠 방부제마저도 썩어가는 계절, 어떻게 해야 이 버려지기 쉬운 2월을 버리지 않고 살아갈 수 있을까. 산새는 초목이 썩어 우는 것 같고 물새는 물이 썩어 우는 것 같은 2월, 이 모두를 슬픈 색깔로 칠하는 것은 무엇일까. 그리고 이 세상에서 저도 모르게 제일 많이 썩어가고 있는 것은 무엇일까.

그것은 동물도 아니요 식물도 아닌 사람일 것 같다. 그리고 그것은 남이 아닌 자신일 것 같다.

엄청난 살상기구를 만들어 노래하게 한 노래도 내가 썼고, 뜨거운 사막의 모래밭에 쓰러지는 아사餓死를 슬픈 목소리로 읽게 한 시도 내가 썼다. 그런데도 내 시가 네 마음을 썩지 않게 가로막을 수 있을까.

가장 크게 믿었던 방부제마저도 썩어가는 이 계절에 나는 어떻게 해야 썩지 않을까. 그러나 2월이여, 실망하지 말고 가장 단단한 씨앗을 골라 따뜻한 네 품에 묻어두라. 그리고 30일로도 피우지 못한 꽃을 네 썩지 않는 품으로 피게 하고 31일로도 맺지 못한 열매를 네 썩지 않은 염원으로 맺게 하라. 그것이 너의 지혜요, 시인의 양심이다.

野生百合
城∾에서
July 27, 1984
sai‿い

6 섬으로 가는 나그네

바다가 그리워

방금 돌아왔습니다. 여수 돌산섬 끝에 있는 사도沙島에서
돌아왔습니다. 그 섬은 공룡 발자국이 많은 섬입니다.

그 섬에 공룡 발자국이 있어서 간 것은 아닙니다. 공룡
발자국이 있다는 것은 그곳에 가서 알았습니다. 그리고 돌
아와서 열두 살 먹은 손자의 책꽂이에서 공룡에 관한 책을
꺼내 읽었습니다. 나의 섬 나들이는 그런 식입니다.

바다에서 10리쯤 떨어진 읍내에서 태어나 30년을 살았
으며 그 마을을 떠나 45년을 도시에서 살고 있는데도 여전
히 바다가 그리워 바다로 가고 있습니다. 그것이 시가 되리
라고는 기대하지 않았습니다. 그런데 그것이 시가 되었다

는 것은 신기한 일입니다. 지금도 섬에 가는 것은 그런 어린 마음에서입니다.

그런 경험을 굳이 시의 이력에 넣는다면 카를 부세Karl Busse의 「저 산 너머」와 어울릴 것 같습니다.

저 산 너머 멀리 헤매어 가면

행복이 산다고들 말하지만

아, 남들과 얼려 찾아갔다간

울고 남은 눈을 하고 되돌아왔네

저 산 너머 멀리 저 멀리에는

행복이 산다고들 말하건만……

막연한 정

살아가며 쌓이는 것이 정입니다.

　쓸쓸한 무인도에 갔다 왔는데도 그 섬에 다시 가고 싶은 것은 막연한 정 때문입니다.

　정은 사람과 사람 사이에서만 오가는 것이 아니라 식물과 곤충, 바람과 구름, 별과 어둠 사이에서도 오갑니다.

　시는 정을 잊지 못해서 토해낸 글입니다. 헌 신발도 버리기 아까운데 하물며 평생 살아온 세상에 대한 그리움이야 오죽하겠습니까. 그걸 버리기 아까워 시에 담아두는 것이지요.

　소월은 「가는 길」에서 '그립다 말을 할까 하니 그리워 그

냥 갈까 그래도 다시 더 한 번'이라 했으며, 한용운은 「님의 침묵」에서 '나는 향기로운 님의 말소리에 귀먹고, 꽃다운 님의 얼굴에 눈멀었습니다'라고 했습니다.

한하운은 「봄」이라는 시에서 '그래도 살고 싶은 것은 살고 싶은 것은 한 번밖에 없는 자살을 아끼는 것이요'라고 했습니다.

그런가 하면 이상은 「거울」 앞에서 '거울 때문에 나는 거울 속의 나를 만져보지를 못하는구료마는 거울 아니었던들

내가 어찌 거울 속의 나를 만나보기만이라도 했겠소'라고
했습니다.

시는 정 때문에 쓰는 것이고, 그릇은 용도 때문에 만들어
지는 것인데 그 그릇도 쓰다 보면 정이 들지요. 이 정을 잘
가꾸고 다스리면 삶은 한층 더 아름다워지고 윤택해지는
것이 아닙니까. 시는 정을 나누자는 메시지입니다.

시 쓰는 즐거움

지난겨울 서귀포 이중섭 거리에 있는 '미루나무' 카페에 들른 적이 있습니다.

그때 카페에 들어서자마자 주인이 '혹시, 그리운 바다 성산포……' 하고 눈을 둥그렇게 뜨기에 그렇다고 했더니 당장 윤설희가 낭송하는 LP판 「그리운 바다 성산포」를 틀어놓고 자기가 모아둔 나의 시집을 내놓으며 사인을 해달라고 했습니다.

음반에선 파도 소리와 함께 「그리운 바다 성산포」가 흘러나오고 자리에 앉았던 손님들은 덩달아 사인을 해달라고 내게로 다가왔습니다.

나는 갑자기 밀려온 황홀경에 어리둥절했습니다. 이래도 되는 것인지 하고.

어느 글쓰기이건 다 그렇겠지만 시 쓰는 데는 맑은 정신에 이슬 같은 긴장감을 필요로 합니다. 시 쓰기에는 인생 마지막까지 동행할 수 있는 에너지(위안)가 있습니다. 이 위안(즐거움)에 폭 빠지시기 바랍니다.

문학 하는 즐거움은 글 쓰는 데 있습니다. 남의 글을 읽는 것은 남이 만든 건물을 구경하는 것이고 내가 쓴 글은 내 손으로 지은 집에서 내가 사는 것입니다. 하이데거가 '언어는 존재의 집'이라고 말했듯이 내 집을 내 손으로 만들어 그 집에서 살아보세요. 그러면 행복할 겁니다.

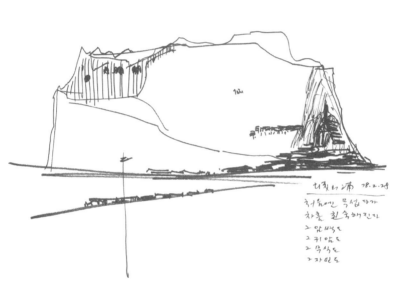

청하의 浦 '78.2.2?

처음엔 무섭다가
차츰 친숙해진다
그 앞바로
그 귀여로
그 무서로
그 자연로

고독의 기록

내 시는 섬으로 떠돌며 얻은 고독의 기록입니다. 『그리운 바다 성산포』, 『섬에 오는 이유』, 『섬마다 그리움이』, 『동백꽃 피거든 홍도로 오라』, 『먼 섬에 가고 싶다』, 『하늘에 있는 섬』, 『거문도』, 『그리운 섬 우도에 가면』 등 모두 섬에 관한 시집입니다.

그중에 가장 독자가 많다고 여기는 것이 『그리운 바다 성산포』인데 그 시집 속에서 「무명도」를 좋아하는 독자가 많습니다.

이 시를 좋아하는 독자 중에는 그 섬이 어느 섬이냐고 물어온 독자도 있었습니다. 그 섬이 우도라고 했더니 그 섬에

가서 살아보겠다고 어린아이를 데리고 가서 살아봤다는 것입니다. 얼마나 정이 들었는지 그 섬을 잊지 못한다고 감격했습니다.

그리고 술을 좋아하는 독자 중에는 「술에 취한 바다」를 좋아한다며 이 시 때문에 술이 잘 팔릴 거라고 해서 웃었습니다.

성산포에서는

남자가 여자보다

여자가 남자보다

바다에 가깝다

나는 내 말만 하고

바다는 제 말만 하며

술은 내가 마시는데

취하긴 바다가 취하고

성산포에서는

바다가 술에

더 약하다

「술에 취한 바다」 전문
(『그리운 바다 성산포』, 1978)

　이 시를 외우며 내 앞에 나타난 독자를 만났을 때 시 쓰
는 일이 돈 버는 일 이상으로 보람이 있다는 것을 느꼈습니
다. 결국 시는 서로의 정을 나눠 갖는 기쁨의 다리라고 생
각합니다.

방랑기

나는 많은 섬을 걸어 다녔습니다.

울릉도도 걸어 다녔고 흑산도도 걸어 다녔으며 가거도도 심지어 넓은 제주도도 걸어서 일주했습니다. 그 느낌은 정말 달랐습니다. 내가 좋아하는 바다를 끼고 하루 종일 걸어간다는 것은 천혜의 고독을 행복으로 옮겨놓는 고행 같았습니다.

나는 걸어 다니면서 기록합니다. 항상 수첩과 화첩이 동반되고 떠오르는 것은 그 즉시 메모합니다. 시로 떠오르면 시를, 산문으로 떠오르면 산문을 떠오르는 대로 기록합니다. 걸으면서 기록하는 것은 현실감이 있어서 좋습니다. 그런 버릇 때문인지 나는 걸어 다니며 기록했던 사람들을 좋아합니다.

추사 김정희보다 고산자 김정호를 좋아하고, 고산 윤선도보다 방랑시인 김병연을 좋아합니다. 그와 마찬가지로 『변신』을 쓴 카프카보다 『곤충기』를 쓴 파브르를 더 좋아합니다.

나의 작품세계에 변화가 있다고 하면 황진이에 관한 연작시 「그 사람 내게로 오네」인데 그것은 나의 방랑벽과 무관하지 않습니다. 시인은 방랑기가 있어야 시의 맛을 낼 수

있다고 여기는 쪽이니까요. 그런 의미에서 「김삿갓」을 연작으로 쓰기도 했습니다. 섬으로 섬으로 떠도는 일, 한하운의 「전라도 길」을 생각하고 김삿갓의 짚신을 생각하며 떠도는 일은 시를 구워내는 뜨거운 석쇠 역할을 하기 위한 수행이기도 합니다. 지금도 나의 그리움은 먼 섬 파도 소리에 살아 숨 쉬고 있습니다.

시의 세계를 내 인생의 종점까지 끌고 온 것은 정말 잘한 일이라고 자찬합니다. 더욱이 저를 이해하고 좋아하는 독자가 있다는 것은 글 쓰는 보람 중 가장 큰 보람이 아닐 수 없습니다. 이런 자리를 빌려 시가 그렇게 행복을 보장해줄 줄 몰랐다는 고백을 하고 싶습니다. 인간이 삶의 맛을 이해하려면 시와 함께해야 한다는 것도 시를 통해서 알았습니다. 그런 이후로는 '나에게 시가 없었던들……' 하고 묻기조차 싫어졌습니다.

시인은 섬의 고독을 잡는다

내가 찾아가는 섬은 번화한 섬이 아닙니다. 번화하고 화려한 섬이라 하더라도 나는 섬의 번화가를 찾아가는 성질이 아닙니다. 울릉도 하면 도동이나 저동보다는 통구미나 태하 쪽으로 갑니다. 그쪽 파도 소리가 더 선명하니까요.

　나처럼 시도 좋아하고 섬도 좋아하는 사람을 위해서라면 이런 섬을 소개하고 싶습니다. 만재도, 상태도, 중태도, 하태도, 청산도, 여서도, 태모도, 맹골도, 말도, 횡간도, 소매물도 이런 섬들 말입니다.

　삼면이 바다요, 3,000여 개의 섬을 거느리고 있는 나라에서 사는 시인이라면 외딴섬의 고독에 묻혀 사는 사람들

의 애환도 남의 일이 아니려니 하고 머리를 돌려볼 만하다
고 생각합니다. 방에 앉아 '섬'과 '등대'를 상상하기보다
직접 찾아가서 섬사람들의 목소리와 등대 밑에서 파도 소
리를 듣는 것도 아름다운 섭렵일 수 있습니다. 고기는 낚시
꾼이 잡는다 치더라도 섬의 고독은 시인이 잡아야 합니다.

　　　두 무덤이 쑥을 수북하게 쓰고 있다
　　　죽어서도 둘이 있으면 외롭지 않다
　　　'우리 죽어서도 함께 묻힐까'

누구보고 하는 소리인가

옆엔 아무도 없는데

그저 막연하게 한 소리

여기서는 막연한 소리가 더 가깝게 들린다

「동행하는 두 무덤—여서도·6」 전문

(『혼자 사는 어머니』, 2001)

부적

내가 어렸을 때 어머니는 지나가던 스님에게서 붉은 도장이 찍힌 부적 하나 받아 왔지요.

스님이 부적을 주며 말하더랍니다.

아들이 가야 할 길이 험난하다고. 열다섯에 아버지를 잃고 액병에 온몸이 불덩이가 되더니 스물한 살에 전쟁을 만나 폭우처럼 쏟아지는 총알을 피하기 어려울 것이며, 총알을 피해 살아남는다 해도 가난이 뼛속까지 파고들어 죽느니만 못할 거라고. 그러니 실 한 가닥만 한 운을 잡기 위해 이 부적을 가슴에 품고 다니라고…….

그리하여 나는 남모르게 그 부적을 가슴에 품고 다녔죠.

나이 90에 그만한 고생을 하지 않고 이 땅에 살아남은 사람이 몇이나 되겠습니까만, 시가 뭔지도 모르며 시를 얻으려 애썼고, 미숙하나마 그 시를 통해 삶의 맛을 알게 되어 고맙습니다. 내 가슴에 시가 없었던들 나는 벌써 망했을 것입니다.

敢島
1979
7.25

이생진 산문집

아무도 섬에 오라고 하지 않았다

초판 1쇄 발행일   1997년 7월 21일
개정판 1쇄 발행일   2018년 11월 20일

글·그림 / 이생진
펴낸이 / 박진숙
펴낸곳 / 작가정신
출판등록 / 1987년 11월 14일 (제1-537호)
책임편집 / 윤소라
디자인 / 용석재
마케팅 / 김미숙
홍보 / 박중혁
디지털 콘텐츠 / 김영란
관리 / 윤미경
주소 (10881) 경기도 파주시 문발로 314 2층
대표전화 031-955-6230 팩스 031-944-2858
이메일 mint@jakka.co.kr 블로그 blog.naver.com/jakkapub
페이스북 facebook.com/jakkajungsin 인스타그램 instagram.com/jakkajungsin

글·그림 ⓒ 이생진, 2018, 1997
ISBN 979-11-6026-715-0 03810

이 도서의 국립중앙도서관 출판시도서목록(CIP)은 서지정보유통지원시스템 홈페이지(http://
seoji.nl.go.kr)와 국가자료공동목록시스템(http://www.nl.go.kr/kolisnet)에서 이용하실
수 있습니다. (CIP제어번호 : CIP2018034514)